光文社文庫

文庫書下ろし

あたらしい朝

日本橋牡丹堂　菓子ばなし(九)

中島久枝

JN031676

光　文　社

この作品は光文社文庫のために書下ろされました。

目次

牡丹か萩か、祝い菓子

一

朝一番に豆大福をつくり、それから全員で朝餉《あさげ》になる。

今日のみそ汁はわかめと豆腐。いわしの煮つけにうりのぬか漬け、炊き立てのご飯。台所の脇の板の間に膳を並べて食べるのだ。

職人の徹次《てつじ》と留助《とめすけ》、伊佐《いさ》、幹太《かんた》は飯をかき込みながら、いつものように仕事の確認をする。

「今日の予定はどうなっている」

「羊羹《ようかん》の注文が五十、最中《もなか》が百……」

徹次の問いに、伊佐が短く答える。

と、突然、隠居の弥兵衛《やへえ》が話に割り込んだ。

「ああ、うん、それでな、伊佐と小萩《こはぎ》の祝言《しゅうげん》はいつになったんだ」

伊佐は驚いて顔をあげた。汁のお代わりを運んでいた小萩の手が止まる。

「えっと、それは、まだ」

「なんだ、まだ決まってねぇのか。なにをぐずぐずしてるんだ。こういうことはちゃちゃっと進めたほうがいいんだ」

二人が一緒になると牡丹堂《ぼたんどう》のみんなに告げたのは昨年末のこと。徹次や弥兵衛にも筋を通した。だが、ひな祭りも過ぎたというのに、そこで話が止まっている。律儀《りちぎ》な伊佐が、仕事の手が空《す》く夏がいいから、来月はどうだろうかねぇ」

「季節がいいから、来月はどうだろうかねぇ」

徹次がだれにともなく言う。

「ああ、それがいいよ。須美《すみ》さん、ちょっと暦《こよみ》を持って来ておくれ」

答えたのはお福《ふく》だ。すかさず手伝いの須美が暦を取り出して手渡す。

「卯月《うづき》ですと大安は十日と十六、二十二、二十八ですよ」

「月中で十六っていうのは、どうだろう」

「悪くないねぇ。伊佐は、どう思う」

弥兵衛、徹次、お福が伊佐の顔を眺めた。

「ええ、旦那さんや親方がいいっておっしゃるなら……」

操られるように伊佐が答える。

「よし、決まった。そういうことでな。伊佐と小萩の祝言は四月十六日。二人もそれでいいな」

弥兵衛がぱんと手を打った。

「ああ、はい」

「ええ、まぁ」

伊佐が答え、小萩も何が起こっているのかよく分からないまま、返事をする。

「ああ、決まってよかった。一安心だ」

お福がほっとしたように笑う。

「もう日がないから急がないとねぇ。お客様のこともあるし、お料理とか……、お二人の衣裳とか」

須美が腰を浮かせた。

「いや、そんな……、大げさなことはしたくないんで、ごくごく身近な人たちだけで質素に」

伊佐の言葉を弥兵衛が打ち消す。

「そういうわけにはいかんだろう。鎌倉の人たちの気持ちになったら、それなりのことをしないとな。大事な娘さんなんだ」

「そうだよ。祝言っていうのは一生のことだから。女の人にとっては、とくにさぁ。そうだろ、小萩」

留助が声をあげた。

「そりゃあ、そうですよ。一生に一度のことだから」

小萩より先に須美が答える。

「なんか、俺もうれしくなってきたよ。祝い菓子はつくるんだろ」と幹太。

「ああ、もちろんだ。それは、留助とお前に頼むか。牡丹堂らしいものを頼むぞ。一生の記念になるもんだからな」

徹次が答える。

「よし、わかった、清吉《せいきち》、お前も手伝うんだぞ」

「はい」

口の重い伊佐が口をはさめないでいるうちに、「一生」という言葉が何度も繰り返された。どうやらこれは、一向に話が進まないことにしびれをきらした大人たちの企みだったらしい。てきぱきと仕事が振り分けられ、みんなはそのたび、笑顔になり、あれこれと知恵を出し合う。

小萩はそんなやり取りを、うれしく、恥ずかしい気持ちで聞いていた。

——来月か。もう、来月か。

伊佐を見ると、口をへの字にして困ったような顔をしていた。


日本橋といえば、江戸では知らぬ者のいない盛り場だ。魚河岸のある北の橋詰めから神《かん》田堀《だぼり》にかかる今川橋《いまがわばし》までの大通りは、いつもたくさんの人でにぎわっている。天下の豪商三井越後屋《みついえちごや》のある駿河町《するがちょう》通り界隈を過ぎて、目にはいるのが浮世小路《うきよこうじ》。その中ほどに一軒の菓子屋がある。

名前は二十一屋《にじゅういちや》。菓子屋《くわしや》（九四八）だから足して二十一という洒落《しゃれ》で、紺地ののれんに牡丹の花を白く染めぬいているので牡丹堂と呼ぶ人もいる。大きな見世《みせ》とはいえないが、粒あんをやわらかな皮で包んだ大福から、茶人《さじん》の好みの美しい彩りの季節の生菓子まで、どの菓子もおいしくて美しい。

牡丹堂では毎朝、全員が集まって大福をつくるのが習いだ。

窓から差し込む朝日の中、ふっくらと炊きあがった粒あんを丸めるのは、十九の小萩、見習いの清吉、職人でこの店の跡取りである幹太だ。

丸めた傍《そば》から手がのびて、白くやわらかな餅《もち》で包んでいく。職人の伊佐と二十一屋の主《あるじ》で親方の徹次だ。手の平に広げた餅にあん玉をのせて、くるりと手の中で回すと、あん玉の姿は消えて餅に包まれている。

職人の留助が、すばやく粉をまぶして番重《ばんじゅう》に並べていく。

響くのは「ほい」とか、「次」とか短い必要な言葉だけ。大鍋にはいったあんは、次々と大福に姿を変えていく。半時（約一時間）もしないうちに今日の分が出来上がる。昼過ぎには売り切ってしまうだろう。

小萩が菓子を習いたいと、鎌倉のはずれの村から牡丹堂にやってきて、もう四年目。最初は思うように指が動かずみんなに迷惑をかけていたが、今は、なんとか遅れずに仕事を回していけるようになった。それでも、朝、大福づくりにかかる前にはいつも少し緊張する。

今日も一日がはじまる。

いい日になりますように。お客さんとのいい出会いがありますように。背筋がのびるような気持ちになる、このひとときが好きだ。

朝餉の後、洗い物を持って井戸端《いどばた》に行くと、伊佐が水をくんでいた。その背中が困ったと言っている。

「伊佐さん、どうしたの？　気に入らないことがあるの？」

「なにが」

「さっき」

「そんなことねぇよ。そうじゃないけどさぁ。俺は、そんな大げさなことにしなくていいと思っていたからさ……。金のことだってあるし……」

「でも、おかみさんたちは、私たちのことを思って言ってくれているのよ」

「分かってるよ。分かってるけどさ、そうじゃねぇんだよ」

伊佐は七歳のとき、母親に去られ、牡丹堂に引き取られた。三年ほど前、突然現れた母親に伊佐は振り回され、一時は牡丹堂を辞めるという話にまでなった。その母親もこの冬、病《やまい》で亡くなった。母親に捨てられたと思ってきた伊佐は、どこか頑なところがある。自分の分をわきまえて、みんなに迷惑をかけたくない。祝言をあげるにしても、できるだけ質素に地味にしたい、そういう気持ちが先に立つ。

けれど、牡丹堂のみんなの気持ちは少し違う。伊佐を家族のように思っている。とくにお福は伊佐を息子か孫のように思っているから、いつまでも他人行儀な伊佐が切《せつ》ない。

「なんでもっと甘えてくれないのかねぇ、水臭い」

時々、そんな風に嘆く。

「まいったなあ」

伊佐は肩をすくめた。

そんな伊佐の気持ちとは裏腹に、お福は着々と祝言の準備を進めていた。

小萩が見世に立っていると、お福が奥の部屋から顔をのぞかせて手招きする。

座敷に行くと、にこにこして反物《たんもの》を抱えて来た。

「婚礼衣裳の打掛《うちかけ》のことなんだけどね。川上屋《かわかみや》の冨江《とみえ》さんが、せっかくだから黒、黄、紅と三枚つくったらどうかって言うんだよ。ちょっと、これを見ておくれ」

川上屋は牡丹堂が懇意にしている老舗《しにせ》の呉服屋で、冨江は見世のおかみである。包みを開くと、目が覚めるような鮮やかな紅色の絹地が現れた。流水の地模様が入っている。お福は黄、さらに黒と、次々反物を見せる。どれも上等なものだ。

「いいだろう。生地もしっかりとしている。白無垢《しろむく》の上に重ねるときれいだよ」

「だけど、おかみさん、打掛を三枚なんて、贅沢《ぜいたく》ですよ」

そう言いながら、小萩の目は反物に惹きつけられた。

絹地は品のいい光を放っている。手にのせるとやわらかく、ほどよい厚みがあった。

「何を言っているんだよ。今はこれが流行《はや》りなんだろ。それにさ、こういうものは持っておいて困ることはないんだよ。女の子が生まれたら七五三の着物に仕立て直せばいい。小萩のおねえさん、なんて言ったかねぇ、あの人も打掛を三枚重ねたんだろ」

そんなことまで知っているのか。姉のお鶴《つる》のときは、おじいちゃんが簞笥《たんす》にしまってあったお金を出してくれたのだ。

「あの、でも、伊佐さんにも聞いてみないと……」

先ほどの困った顔が目に浮かんだ。

「そりゃあ、喜ぶに決まっているよ。嫁さんはきれいなほうがいいじゃないか。あんたたちに出させようなんて思ってないから、安心おし。こっちで持つからさ」

「いや、そういう訳にはいきません。花嫁衣裳のことは鎌倉の家に相談します」

「また、そんな堅苦しいことを言って。あんたは、うちで預かったんだから、うちの娘みたいなもんなんだよ。それが、伊佐の嫁になるんだ。冨江さんだって、うちで儲《もう》けようとは思っていないんだからさ、心配しなさんな。あたしが、やりたいんだよ」

お福はうれしくて仕方がないという顔になった。

気持ちはありがたいが、そういう訳にはいかない。

小萩はすぐに、鎌倉の両親に文《ふみ》を書いた。祝言は夏になるかもしれないと言ったけれど、今日、突然、来月と決まった。打掛の相談まで進んでいる。

読んだら驚くに違いない。

飛脚《ひきゃく》に文を渡し、見世に戻って来ると幹太が待っていた。

「おはぎ。祝いの菓子なんだけどさ。留助さんは蓬莱山《ほうらいさん》がいいっていうんだけど、そんなのありきたりでつまんねぇよな。なんか、もっとさ、ぱあっと派手なやつがいいよな」

蓬莱山とは、唐《から》の伝説にある、不老不死の仙人が住むという山のこと。菓子の蓬莱山は別名「子持饅頭《こもちまんじゅう》」といい、大きな饅頭の中に五色の小さな饅頭を詰めためでたいものだ。

「あの……、でも……、伊佐さんは地味にしたいと」

「知っているよ、伊佐兄はすぐそんなことを言うんだ。だけどさ、お客に配るんだよ。二十一屋はこんなこともできますってのを見せたいじゃないか。それにさ、親父は俺と留助さんで考えろって言ったんだよ。いい機会だから、知恵を絞れ、腕を磨けってことなんだよ」

言葉に力をこめる。

「そう言われれば、そうだけど」

「なぁ、おはぎもそう思うよな」

幹太はにやりと笑った。

夕方、見世の裏から声が聞こえてきた。

――高砂《たかさご》やぁ、こぉの浦舟《うらふね》にぃ帆をあげてぇ。

須美である。いい声だ。はっきりとして、力強い。腹の底から出ている声である。

「謡《うたい》のお稽古《けいこ》ですか」

小萩が声をかけると、須美は恥ずかしそうな顔になった。

「おかみさんから、祝言で高砂をってお願いされているでしょ。なかなか思うような声が出なくて。でもね、祝言の日までにはもっと上手になりますから」

須美が高砂を謡《うた》うのか。そういう段取りも決まっているのか。

小萩はお福の手回しの良さに驚いた。

「いえ、いえ……、もう、とっても素敵です。いい声だなあと思って聞きほれてしまいました。きっと、ほかの方々もそうだと思います」

「まぁ、そんな……、恥ずかしいわ。私ね、とってもうれしいのよ。伊佐さんもすてきな人だし、小萩さんもかわいらしいし。幸せになってね」

須美は目をうるませて、小萩の手をしっかりと握った。

「私が言うのも変だけど、二人はいいご夫婦になるわ」

婚家を出され、一人息子ともなかなか会えない須美には思うところがあるのだろう。

その顔を見たら、小萩も胸がいっぱいになって涙が出そうになった。

想いがかなう、好きな人と一緒になるって、こんなに幸せなことなんだ。それは想像していたものの倍、いや十倍もうれしいことだ。

祝言まで、まだひと月ほどあるのに、なんだか、もう、その日を迎えてしまったような感じがした。

伊佐と小萩が祝言をあげるという話は、お福からあちこちに広まっていた。菓子を届けに、呉服の景庵《けいあん》をたずねると、川上屋の嫁のお景《けい》が待っていた。

「小萩ちゃん、祝言の日取り、決まったんですってね」

満面の笑《え》みである。

「打掛のことは、あたしも考えていたのにお姑《かあ》さんに先を越されちゃったわ。でも、こういうものはお姑さんの方が得意なの。あたしが考えると、どうしても思い切ったものになっちゃうから。来てくださったお客さんは目を白黒させちゃうわよね」

自分で考えた斬新な色遣いや柄の着こなしで、大人たちを驚かせ、若い娘たちの心をつかんだお景は、川上屋とは別に、こだわりの強いお客を狙った自分の見世、景庵を開いた。

菓子を渡して帰ろうとすると、引き留められた。

「それで、どうなの？　いろいろ準備で大変でしょ」

「あ、はい……、ええっと、打掛のことですよね。鎌倉の方にも文を出して相談しているところです」

「好き合った二人が一緒になるなんて、お芝居みたいよね。私は親が決めた相手で、祝言の日まで顔を知らなかった。好きも嫌いもなかったから、この人と添いたいって思って嫁《とつ》ぐ小萩さんがうらやましいわ」

小萩の顔をのぞきこむ。

「あ、ですから……、まぁ、はあ……」

何と答えていいのか分からず、小萩はうつむいた。

祝言は来月だ。大好きな伊佐と一緒になる。

うれしい、待ち遠しい。

それは本当だ。

きっと、伊佐も同じ気持ちだろう。

だが、相変わらず伊佐の口数は少ない。おかみさんや幹太や須美や、ほかのみんながいろいろと動いてくれているのを見聞きして、困った顔をしている。

本当にこれでいいのだろうか。ふと、不安になる。

「ご馳走《ちそう》さま」

お景はくすりと笑った。いや、どこがご馳走さまか。小萩が聞きたいくらいだ。

そんな小萩も、注文を受けに訪れた春霞《はるがすみ》の口から祝言の話が出たときはさすがに驚いた。かつては吉原《よしわら》の花魁《おいらん》で、今は江戸で知らぬものはない札差《ふださし》の愛妾《あいしょう》の春霞が、いくら顔見知りとはいえ菓子屋で働く娘のことを気にかけるとは思ってもいなかった。

「どうしてご存じなんですか」

小萩は思わず問い返した。

「お前さんのところの若いのが来て教えてくれたんだよ。祝言の菓子を自分たちが考えることになった。今までにないような、すごいやつをつくりたい。見本ができたら持って来るから、よかったらご意見をうかがいたいって」

春霞はあでやかな美しい顔をほころばせた。花のかんばせとは、春霞のような人のことを言うのだろう。

若いのとは、もちろん幹太のことである。張り切ってくれているのはうれしいが、春霞に声をかけるのはさすがにやり過ぎではないだろうか。

「すみません。恐縮です。お気になさらないでくださいこちらのことですから」

小萩は小さくなった。

日が経《た》つにつれ、牡丹堂のみんなの関心はますます高まった。その一方で、一向に話を進めようとしない小萩たちに焦《じ》れてきた。

午後、台所脇の板の間でひと休みをしていたら、お福がやって来て、たずねた。

「あんたたち、住むところはどうするんだい。伊佐に聞いたら、今の長屋でいいんだって言っていたけど、そうなのかい」

「そのつもりなんですけど」

ちゃんと話したわけではないが、なんとなくそういうことになりそうな気がしている。

「ふーん。あんた、行ったことあるのかい。ずいぶんと古いんだよ。裏が堀だから、夏は蚊が出るよ」

「そうなんですか」

「まぁ、それとなくあたしからも言っておくから、梅雨前には引っ越しな」

梅雨前といったらひと月もない。うかうかしていられないではないか。

「台所道具の一揃え要りますねぇ。まな板と包丁ぐらいあるのかしら」

須美がやって来て、話に加わった。

「あっても、たいしたもんじゃないよ」

お福が見て来たように言う。

伊佐は朝昼晩と牡丹堂で食べる。洗濯は自分でしているが、酒は飲まないし、家に帰れば寝るだけだ。まともなものがあるはずがない。

「鍋釜に皿小鉢、味噌《みそ》醤油《しょうゆ》にお茶。ああ、湯飲みもいるわねぇ」

須美は指を折って数えている。

「あ、いえ、そんな……。少しずつ買いますから」

「改めて買うと結構な値段になるから、遠慮しないでこっちに任せな」

お福が胸をたたいた。

「そうよ。そうなさいよ。おかみさんの気持ちなんだから」

須美が口添えする。

気持ちはありがたい。

だが、注意しないと、お福は夢中になりすぎる。つい先日も、お腹の大きくなった留助の女房のために綿のたっぷり入ったかいまき布団を贈った。もちろん留助の分もあるから二組である。留助の住む長屋は土間を入れても六畳ほどの広さだ。かさばるかいまき布団をどうやって二組敷くのか。

　少し考えれば分かりそうなことなのに。

　いつも賢く、よく気が回るお福なのに、どうして気づかないのだろう。

　翌日からお福と須美はいそいそと買い物に出かけて行くようになった。買った物は、弥兵衛とお福の隠居所の一部屋に置かれている。ある日、小萩が隠居所に行くと、きれいに包まれ、紅白の水引がかかった荷物の山ができていた。

　まるで、結納《ゆいのう》の品のようだ。

「おかみさん、まさか、これ……」

「そうだよ。あんたたちのだよ」

　お福は目を細めた。

　――ですから、おかみさん。そんなに気張らなくていいですから。

　小萩はうれしい反面、申し訳なく、そして、少し困る。

　その一方で、伊佐はまったく別のことを考えていた。

　井戸端で洗い物をしていると、伊佐が来て言った。

「小萩、祝いの菓子のことだけど、柏餅《かしわもち》はどうだろうか」

「柏餅？　だって端午《たんご》の節句には早いし、婚礼の引き菓子に柏餅なんて聞いたこともないわよ」

「でも、牡丹堂の柏餅はおいしいし、子孫繁栄、家名隆盛の縁起物だよ」

柏の葉は枯葉となっても木から落ちず、新芽が芽吹くまで枝に留《とど》まることから「家系が途絶えない」「子孫繁栄」などの意味を持つようになった。そこから、男子の成長を祝う端午の節句に柏餅を食べる風習が広まったという。

「でも、留助と幹太さんは牡丹堂ここにありってところを見せたいって、張り切っているみたいよ」

「だからだよ。そういうのは、別の時にしてもらって、俺たちは質素に、地味に身の丈にあったものにすればいいんだ」

伊佐の気持ちも分かる。だが、柏餅は変だ。

もらった方も首をかしげるだろう。

伊佐は頑固《がんこ》なところがある。なんと言えば分かってくれるか。

考えていると、今度は幹太がやって来た。

「おう、おはぎ。こんなの考えたんだけど、どう思う？」

手にした紙を広げると、木箱の中に寄り添う二羽の鴛鴦《おしどり》を象《かたど》った菓子が描かれていた。

「昔から鴛鴦《えんおう》之契《のちぎり》って言うだろ。鴛鴦のように一生仲むつまじく連れ添っていきますという二人の気持ちを表しているんだ」

「煉《ね》り切りでつくるの？」

「そうだよ」

当然という顔をした。

雄の鴛鴦は実物そっくりである。つまり、頭頂は翡翠色《ひすいいろ》で背に向かって栗茶に変わる。顔の周りは白と金茶と翡翠色。腹は薄茶で翼には縞《しま》が入る。

「すごくきれい……」

「だろ」

「だけど、これ、いくつ、つくるつもりなの？」

「五十かなあ」

「そんなにたくさん？」

「いるよ。隣近所に、付き合いのある見世だのなんだの。うちだって、注文を受けるときは、これぐらいじゃないか」

「それを二人でつくるつもり？　無理よ、絶対無理」

「そうかなぁ、いけると思うけど。じゃあ、こっちは留助さんが考えたやつ」

別の紙を開く。貝の形の箱にひな人形のような菓子が入っている絵だ。

「貝合わせから考えたんだってさ。はまぐりは対になっている貝じゃないとぴったり合わないんだろ。一人の人と添い遂げますって意味になるんだ」

「これ、来年のひな祭りに売るつもり？」

「評判がよかったらな」

幹太が大向こうをうならすような傑作をつくろうとする一方で、留助は手間をかけずに見た目は華やかに、売り物になるものをつくりたいと思っているらしい。

「伊佐さんは柏餅がいいって言ってたけど」

「なんだ、それ。せっかくこっちが知恵を絞っているのに、張り合いがねぇなぁ」

幹太は頰《ふく》を膨らませて行ってしまった。

そんな折、ようやく母のお時《とき》から文が来た。すでに小萩は何回も鎌倉の家に文を出している。相談もなく祝言の日を決めてしまったこと、打掛をお福が用意してくれていること、さらに暮らしに必要なあれこれを買ってもらっていること。とにかく、次々と伝えなくてはならないことがあるのだ。

お時の文は簡潔だった。

「お福さんからいただいた文に返事を書きました。詳しいことは、お福さんにたずねてください。おとうちゃんと二人で、そちらにうかがいます」

日付を見たら、今日着くことになっている。

――えっ、今日、来るの？

小萩はあわてた。

二

夕方、そろそろ店を閉めようかという時に、裏の方からお時の声がした。

「お世話になります。ご無沙汰《ぶさた》しております。小萩の母でございます」

答えるお福のうれしそうな声。

「ああ、お時さん。今日、着くって言ってたから、待っていたんだよ。さぁさぁ、遠慮しないであがっておくれよ」

「すみませんねぇ。なんだか、もう、みんなにお世話になっているみたいで」

「いや、いや。そんな他人行儀なことを言わないでさ。あたしもうれしいんだから」

年の違う二人だが、お福とお時は仲が良い。遠い親戚の法事で会って意気投合した。小萩が牡丹堂に来られたのも、そんな縁があったからだ。

小萩が座敷に行くと、お福とお時は挨拶も早々に話をはじめていた。二人ともしゃべりたいことが山ほどあるのだ。

旅衣《たびぎぬ》を脱いだお時は藍色《あいいろ》木綿の普段着で、海辺で暮らしているから顔も手も日に焼けている。顔にも体にも肉がついて、どこから見ても働き者の村の女である。だが、かつては三味線《しゃみせん》の名手として知られた辰巳《たつみ》芸者で、父の幸吉《こうきち》が惚《ほ》れ抜いて女房にしたのである。

お福とお時の話はお互いの近況からはじまった。それから二人がよく知っている昔馴《むかしな》染《じ》みの消息。小萩の話題になるのは、まだ少し先である。

「ああ、うれしいねぇ。お時さんにこうして会えると思うとさ。しばらく、こっちにはいられるんだろ」

「そうしたいんだけどねぇ、のんびりともしていられないんですよ。宿の仕事があるから。明後日《あさって》にはこっちを出ようかと」

「なんだい、そんなにすぐなのかい。まぁ、そうだねぇ。仕方ないねぇ」

小萩が湯飲みを持って来たのを見て、お福は言った。

「この時間なら、お茶じゃなくてお酒だよ。あんたも、飲むだろ」

「そうしましょうか」

家では飲まないお時だが、お福が相手だと違うらしい。

「だったら、隠居所に行こう。今日はそっちに泊まってもらうつもりだからさ。なに、部屋はあるんだ。そのつもりで用意しているから」

お福に誘われて、お時も立ち上がる。

「え、あの、おとうちゃんは？」

「あの人は古い知り合いのところに寄っているんだ。夜にはこっちに来るはずだよ。室町《むろまち》の新しい家のことは伝えたから、直接そっちに向かうはずだ」

「そうか、そうか、そんなら話は簡単だ。あんたたちも、仕事が終わったら隠居所の方においで」

お福が言う。

仕事を終えた後、伊佐と二人で室町にある隠居所に向かった。

伊佐は少し緊張していた。

「こんな、ふだんの恰好《かっこう》でよかっただろうか」

「おかあちゃんも普通の恰好だったたし、大丈夫よ。そんなこと、気にする家族じゃないから」

「そう言われてもなぁ。なんて挨拶したらいいんだ。初めましてでもないし」

「別に、こんばんはでいいんじゃないの？　心配ないわよ。おとうちゃんもおかあちゃんも、伊佐さんのこと、とっても気に入ってるのよ。会えるのを楽しみにしていると思う」

「それならいいんだけど」

道すがら、伊佐はずっと口の中で何かぶつぶつと言っていた。どうやら、挨拶の文句を考えていたらしい。

路地を入ると、黒塀に見越しの松が見えてきた。隠居所と呼んでいるが部屋が四つもある平屋で、小さいながらも庭には池と石灯籠《いしどうろう》がある。なかなかに贅沢《ぜいたく》なつくりなのだ。

門を入ると、笑い声が聞こえてきた。玄関で訪《おとな》うと、お福が中から答えた。

「ああ、伊佐と小萩も来たか。待ってたんだよ。早くおあがりよ」

座敷に行くと、弥兵衛とお福、お時が刺身で一杯という風情《ふぜい》である。

「ああ、伊佐さん。このたびはおめでとう。小萩をよろしくお願いしますよ」

ほろ酔いのお時がさらりと挨拶をした。伊佐は言葉に詰まって、ぺこりと頭を下げた。

「まあ、堅苦しい話は抜きにしてさ、あんたたちも一杯おやりよ。弥兵衛さんが、いい具合に鯛を釣って来てね。刺身に塩焼き、鯛飯なんだよ。小萩、奥に行って皿だの、なんだの、一揃い持っておいで」

「ああ、いつもははぜだの、たなごだの小物ばっかりだけどな、今日はお客さんが来るって言うから、張り切ったんだ」

弥兵衛も上機嫌だ。それにしても立派な鯛である。弥兵衛のことだ、釣って来たというのは口実で、じつは馴染みの魚屋に注文したのかもしれない。

小萩が台所から自分たちの皿や茶碗を膳にのせて運んで来ると、伊佐が弥兵衛の盃を受けている。

「小萩も飲むんだろ」

「いえ、私は……ちょっと」

以前、春霞のところで葡萄酒《ぶどうしゅ》を飲んで、大変なことになった。

「まあ、それにしても本当にめでたいよ。今ね、お時さんとその話をして、三人で喜んでいたところなんだ」

お福が言う。

「あの……、ご挨拶が遅くなりましたが、今後ともよろしくお願いいたします」

神妙な顔で伊佐がお時に挨拶をした。

だが、肝心の父の幸吉の姿がない。

「おとうちゃんは？」

「そろそろ、来てもいい頃だけどねぇ。知り合いのところで、話がはずんでいるんじゃないのかな。この時間で来ないってことは、今日はもう、向こうで泊まるつもりかもしれないよ」

お時がのんきな声をあげた。

「いいさ、いいさ。また、明日って日もあるんだ」

そう言うお福の顔も上気している。

「お時さん、この伊佐って男はね、菓子の腕がいいんだ。それでもって真面目だ、向上心がある。これからも、どんどん、腕を磨いてね……、楽しみなんですよ」

突然、弥兵衛が言いだした。

「そうでしょうねぇ。あたしもね、最初、この人を見たときから、そうじゃあないかと思っていたんですよ。職人の面構《つらがま》えをしていたから」

お時が答える。

「おお、聞いたか、伊佐。うれしいじゃねぇか。お前も苦労した甲斐《かい》があったよ」

弥兵衛が伊佐の肩をたたいた。

「そうだよ。お時さんはね、昔は深川《ふかがわ》でも指折りの三味線の名人だったんだ。お座敷でもう、いやっていうほど人を見ているからね、人を見る目は確かなんだよ」

三人は伊佐を持ち上げ、小萩をほめ、めでたい、めでたいと喜ぶ。どうやらかなり酒がすすんで、いい気分になっているらしい。

「伊佐さん、挨拶とか、相談とか、そういうことは明日にした方がいいかもしれないわね」

「そうだな」

帰ろうとすると、入り口の方で声がした。小萩が出ていくと、父がいた。

「いやあ、場所は聞いていたんだけど、その路地のところまで来たら分からなくなった。帰ろうとしたら、お時の声がしたからさ。お前は相変わらず、声がでかいよ」

ははと声をあげて笑う。父も少し酔っているようだ。

お福に言われてさっそく座敷にあがり、挨拶も早々に酒を酌《く》み交わす。

「もう、こんな時刻だから、向こうに泊まるのかと思ったよ」

お時が言った。

「そんなこと、あるわけねぇだろ。小萩の顔を一刻も早く見たいと思っていたんだからさ」

「だったら、もっと早く来ればいいのに」

小萩も続ける。言っていることとやっていることがちょっとずれる、いつものおとうちゃんである。

「いやぁ、大変だったんだよぉ。知り合いのところで酒をご馳走になってさ、そこを出てしばらく歩いていたらのどが渇いたんで茶店に入った。金を払おうと思ったら財布がないんだ」

「あれまぁ」

お福が声をあげた。

「最初から金を持ってなかったんじゃねぇのか、なんて言われて、この野郎と思ってさ。それで、ああだ、こうだやっていたら、その知り合いがやって来た。その家に財布を忘れてきちまってたんだね。俺をわざわざ探しに来てくれた」

「ああ、そんならよかった」と弥兵衛。

「それでね、外で、飲みなおそうってことになって、また、二人で見世に入った。いや、家じゃ話しにくいこともあるだろ」

「はあ」

お時の目がすこしとがる。

「あはは、そういうこともある。うん、ある」

弥兵衛が加勢する。

「で、そんなこんなで、この時刻になったんだ。悪かったな、二人とも。待っていてくれたのか」

　幸吉はそう言って小萩を、それから伊佐をじっと見た。その目が光っている。何か言いたそうだが、言葉にならないらしい。

「そうだねぇ、早く来たいけど、来られねぇなぁ。親父としちゃあねぇ。酒でも飲まねぇとなぁ」

　弥兵衛がしんみりとした声をあげた。

「ずっと江戸住まいってことになったら、そうしょっちゅうは会えないしねぇ」

　お福がうなずく。

「本当にね、とうとうあたしたちの手から離れちまうんですよ」

　お時が涙ぐむ。そうか。おとうちゃんは小萩の嫁入りがうれしくて、でも淋《さび》しくて、それでまっすぐ来られなかったのだ。知り合いの家に行き、それからまた酒を飲んで、ぐずぐず時を延ばしていたに違いない。

「伊佐さん」

　幸吉が、急に改まった声を出した。さっきとは違う、真面目な顔をしていた。

「この子はね、上に姉がいて、下に弟だ。真ん中の子というのは要領がいいもんだけど、小萩は違うんだ。とにかく不器用で、何をやらせても時間がかかる。傍《はた》から見ていると、じれったいんだ。今までも、お茶とかなんとか、あれこれ手を出したけど、どれも中途半端で途中で投げ出してしまう」

ずいぶんな言い方である。小萩は少しむくれた。

「その小萩が菓子に夢中になった。江戸に行きたい、菓子を知りたい、つくってみたいって言う。少しは本気のようだから、一年だけの約束で、こちらにお世話になった。すぐ泣いて帰って来るかと思っていたら、まだもう一年いたいという。顔つきも変わって、しっかりしてきたんだ」

小萩は父の顔を見た。

今まで、そんなことは一言も言わなかったが、ちゃんと見ていてくれたのだ。

「それはさ、ひとつには、弥兵衛さんやお福さんたち、二十一屋さんのおかげだと思う。仕事をするってことで、小萩もいろいろ分かってきたんだ。だけどね、それ以上に、あんたに会ったってことも大きいと思うんだよ。人はね、誰に添うかで、その後の人生が変わってくるもんだからさ。娘があんたのような人に出会えて、親としてもうれしいんだ。これからも、小萩をどうかよろしく頼みます」

幸吉は手をついて、頭を下げた。

伊佐も慌てて座り直し、生真面目な顔で畳に手をついた。

「とんでもないです。どうか、顔をあげてください。俺は菓子のことしか知らねぇ男で、親もいない。二十一屋さんで一から仕込んでもらったんです。だから……、本当なら、小萩さんのような……ちゃんとした家の娘さんとは釣り合うはずもねぇ。これから先も、きっと苦労をかけると思うけど……。でも、小萩さんのことは一生かけて大事にしますから」

伊佐は顔をまっかにして、時々つかえたり、詰まったりしながら、一言ずつ言葉を選びながら伝えた。

小萩はうつむいて、二人のやり取りを聞いていた。涙が出てきた。おとうちゃんがこんな風に真剣な様子になるのはめずらしい。伊佐が自分の気持ちを話すことも今まであまりなかった。

それは、特別な、そして大事なひとときだったのだ。

もしかしたら、小萩も何か言わなければならなかったのかもしれない。けれど、言葉にならなかった。ただ、うつむいてしっかりとこぶしを握り、今の二人の言葉を忘れないようにしようと思っていた。

静かな時が流れていた。

弥兵衛がつぶやいた。

「菓子の力だな」

「そうだねぇ。菓子が伊佐を牡丹堂に呼び、小萩もやって来た。菓子は二人をつなぐ縁なんだね」

それを聞いて小萩はうれしくなった。菓子というものが二人を結び付け、未来を見せた。

「菓子はさあ、ただ、うまくて、うれしくて、楽しくて、食べると温かい気持ちになるもんなんだ。それでもって、悲しみを癒《いや》したり、傷の痛みをほんのちょっと忘れさせたりする。あってもなくてもいいもんみたいだけど、やっぱりなくちゃ、困るんだよ。伊佐と小萩もさ、そういう菓子屋でいてくれよな」

弥兵衛の言葉は、そういう二人でいてほしい。そんな風にも聞こえた。

「ああ、いい気分だ」

幸吉がいつものの んきな声をあげて足をくずした。

「これからは親子になるんだ。俺もお時も、これ、この通りの人間だからさ、あんまり難しいこと考えねぇで、気楽につきあってくれよな」

「いや……、俺は……」

伊佐が口の中で何か言いかけ、その間に、お福が伊佐の盃に酒を注ぎ、弥兵衛は幸吉の手に盃を渡し、酒を注ぐ。

「いい日だな。めでたいっていうのは、こういう日のことを言うのかね」

弥兵衛が言い、みんなてんでに盃を空けた。小萩も手にした湯飲みの茶を飲んだ。

翌日、幸吉は弥兵衛と釣りに出かけ、お福とお時は二人で買い物に出かけた。もちろん伊佐と小萩のためのもので、座敷の荷物はさらに増え、その間に、あれこれと相談が進んだらしい。その夜はまた弥兵衛やお福と四人で宴会で、名残《なごり》を惜しみつつ帰って行った。

祝言の場には嫁の親は座らず、家で娘を送り出すのが習いだが、幸吉とお時も来ることになった。

伊佐も感じるところがあったのだろう。柏餅のことは言わなくなった。みんなの気持ちを大事にしたいと思っているらしい。


春らしい気持ちのよい天気だった。

小萩は神田に菓子を届けに行った帰り、千草屋《ちぐさや》に寄った。古くて小さな千草屋の前にはいつものように人気の福つぐみや、団子や最中を買うお客さんがいた。お文《ふみ》は忙しそうにお客の相手をしている。そのまま通り過ぎようとしたら、お文の父の作兵衛《さくべえ》が見世の裏から顔をのぞかせた。具合の悪い足を引きずるようにして小萩の傍に寄って来た。

「おめでとうな。伊佐と一緒になるんだろ。よかったなぁ」

その眼差《まなざ》しが少し淋しそうに思えるのは、小萩の思い過ごしだろうか。

「お文もさ、誰かいい人がいないかと思うけど、なんせ、本人にその気がねぇんだよ」

「お見世も流行っていますから。福つぐみはおいしいですし」

「そうなんだよなぁ。あの菓子が売れて、ますます縁遠くなっちまった」

そして、小さな声でつぶやいた。

「やっぱり、近くにいる人間が強いんだなぁ」

小萩は聞こえなかったふりをした。

以前、作兵衛が伊佐をお文の婿《むこ》にしたいと言い出したことがあった。作兵衛は体を壊して以前のように働けないし、古くからいる職人の安治《やすじ》は作兵衛と同じくらいの年で、ほかには見習いの一太《いちた》だけだ。伊佐のような腕のいい職人がお文と一緒になってくれたら、以前の千草屋のような立派な見世にすることも夢ではない……。そう考えたらしい。

お文は近所でも評判の美人で、気立てもよく、何事にも一生懸命だ。だれもが好きになってしまうような人だ。伊佐の婿入りの話があった頃、話しこんでいる二人の姿を見かけてしまったことがあるが、悲しいけどとてもお似合いだった。

だが、結局、伊佐はまだ、牡丹堂で働きたいということで婿入りの話はなくなった。

あの時、お文は伊佐のことをどう思っていたのだろう。

好ましいと思っていたのではあるまいか。

そんなことがあって、小萩は、伊佐とのことをお文に伝えるのがなんとなく申し訳ないような気がしていた。いまだにはっきりと伝えていない。本当のことを言えば、近頃、少しだけ、千草屋から足が遠のいていた。

「あら、小萩ちゃん。こんにちは」

立ち話をしている二人に気づいたお文が、笑顔で声をかけた。見習いの一太に見世番を頼み、小萩の傍にやって来た。

「聞いたわよ。伊佐さんと一緒になるんでしょ。おめでとう。私もうれしいわ。何かお祝いをさせてね」

屈託のない、さわやかな笑顔である。

「ありがとうございます。お気持ちだけいただきます」

気にしていたのは小萩だけだったのか。

「今、少し時間ある？　見てもらいたいものがあるの」

お文に誘われて家に上がった。

しばらく訪れないうちに、中の様子はずいぶん変わっていた。前は、亡くなった文の母親が集めた人形や飾り皿があちこちに飾られていたが、そうしたものは片づけられ、すっきりとしている。部屋の隅の文机《ふづくえ》の周りには書物や紙類があった。

「ね、食べてみて」

お文は皿に焼き立ての福つぐみをのせて、小萩に勧めた。

皮の黄色が濃くなり、以前よりふっくらと厚みがあるような気がした。中の粒あんも変わっている。大粒で皮がぴかぴか光って、しかもやわらかい。

「皮のほうの卵を増やしてみたの。そうしたら、コクが出たし、ふっくらとおいしくなったのよ。それに合わせて、あんも力があるものにしたの」

「この小豆《あずき》……大納言《だいなごん》？　これ丹波《たんば》の大納言」

「分かった？　おいしい」

「だけど、丹波の大納言はふつうの小豆よりも、ずいぶん高いでしょ」

値段はそのままで材料をいいものにしたら、利は薄くなる。おいしいものをつくりたいのは正直なところだが、そうそう値段は上げられない。そこが悩むところだ。

「よその見世でも、福つぐみと同じようなものを売り出しているのよ。急にお客さんが減ったからおかしいなと思ったら、そうだったの」

「もしかして、伊勢松坂《いせまつざか》のこと？」

「そう、あそこ」

お文はうなずく。

伊勢松坂の当主は吉原の妓楼《ぎろう》の主でもある勝代《かつよ》で、牡丹堂とはあれこれ因縁がある。よそで売れている菓子があると、すぐに似たものを売り出すので、菓子屋仲間では評判が悪い。

「だからね、うちは、伊勢松坂が真似できないようなものにしようと思ったの」

自信の笑みを浮かべる。

「作兵衛さんは心配しなかった？」

「そのために算盤《そろばん》があるのよ。数が売れれば利は少なくても、やっていけるでしょ。帳簿を見せて説明したわ。それにね、お客さんて、ちゃんと分かるのよ。おいしくなったとか、この見世の粒あんが好きだとか言ってくれるの」

「へぇ、すごい。お文さん、変わった」

小萩は感心して声をあげた。

「そう？　そう思ってくれる？」

ふふと笑う。

「今度はねぇ、福つぐみの姉妹品を出すつもりなのよ。皮は黒糖味で、中は白こしあん。そうしたら、二つ一緒に買ってもらえるでしょ」

「うん、うん」

小萩も膝を乗り出す。

「それからね、ほら、これも。以前、小萩さんが亡くなった若おかみさんの菓子帖の話をしてくれたでしょ。私も、自分で描いてみたの」

お文は文机の上の帳面を取り出した。

亡くなった若おかみとは、徹次の妻で幹太の母親のお葉《よう》のことだ。つれづれの思いとともに、自分が考えた菓子を描いていた。その日記でもある菓子帖を、小萩は菓子を考える時の参考にしていた。

お文の菓子帖には、細筆で羊羹や最中、生菓子など、色とりどりの菓子が描かれていた。さらに進むと、梅、桜、つつじなどの花、都鳥《みやこどり》、雀《すずめ》、つぐみなどの鳥、雲の形、月の姿なども描かれている。

「描き始めたら面白くてやめられなくなったわ。つぐみなんて毎日見ているから描けると思ったら、案外難しいのよ。細かいところを見ていないのよね」

「それが、あの福つぐみにつながったの？」

「そう。鳥好きのお客さんがね、ああ、たしかにつぐみだ。烏《からす》でも、雀でもないって言ってくれたの。うれしかったわ」

お文はきらきらと瞳を輝かせた。

「まだまだ学ばなくちゃならないことがたくさんあるの。でもね、前は何を、どうすればいいのか分からなかったのよ。それで手あたり次第にやってみたんだけど、この頃やっと、何を学べばいいのか、どの道を進めばいいのか分かってきたの。こっちの道だよ。この先の山を登るんだよって。ねぇ、それって、すごい進歩じゃない？」

「もちろん、そうですよ」

「私はね、今、とっても幸せで、毎日が楽しいのよ。自分でもこんなに菓子に夢中になると思わなかったわ。小萩さんなら、そういう私の気持ちわかってくれるわよね」

「ええ」

「よかった」

晴々《はればれ》とした笑顔を浮かべた。

「おとっつあんはね、私が店のことばかり夢中になっているから心配しているの。女の幸せはだれかの嫁になって、母親になることだって。私だって、そう思っているわ。でも、今は、そのときじゃないのよ」

「はい」

小萩は真面目な顔で答えた。お文は小萩の気持ちに気づいていた。そして、そのことにちゃんと答えてくれた。

「なあに、そんな顔しないでよ。私は伊佐さんと小萩さんが好きだし、これからも、いいお仲間でいてほしいと思っているのよ」

お文は小萩の手をそっと握った。やわらかく、温かい手だった。

牡丹堂に戻って来ると、裏の井戸の方から幹太が顔をのぞかせて手招きする。近づくと、留助もいた。

「祝言の菓子のことなんだけどさ。よく考えたら鴛鴦は難しいみたいなんだ。伊佐兄はあんまり派手にしたくないらしいしさ。それで、吹き寄せを考えたんだ」

幹太が言った。

吹き寄せとは、地面に落ちた紅葉が風に吹かれて一カ所に集まった様子のこと。菓子の吹き寄せは、さまざまな色の干菓子《ひがし》や小麦粉せんべいなどを寄せたものを言う。

「小麦粉せんべいに昆布と小さいえび、それに鶴亀に松葉、七宝《しっぽう》、打ち出の小槌《こづち》とか、めでたい干菓子を混ぜるんだよ」

懐から紙を取り出して見せてくれた。平たく丸い小麦粉せんべいに、紅や緑、黄などさまざまな色や形の干菓子が散っていた。

「これなら型もあるし、日持ちするから少しずつつくっておけばいいだろ」

留助が説明した。

「うん、とっても可愛らしいし。私はうれしい。それに、伊佐さんも気に入ると思う」

「な、そうだよな」

幹太と留助は顔を見合わせてにやりと笑った。

「もうひとつは、おはぎなんだ。小萩だからおはぎ」

小萩のことを幹太はおはぎと呼んでいる。だからか。

「柏餅にも近いだろ」

分からないこともない。小萩はうなずく。

「親方に相談したら、いいんじゃねぇかってさ。だから、そういうことでさ、決めさせてもらった」

留助が言った。

三

二人の祝言は青空が広がるよい天気だった。

驚いたことに、鎌倉からは、幸吉とお時だけでなく、おじいちゃんとおばあちゃんもやって来て、三日も前から弥兵衛たちの隠居所に泊まった。着いた日こそゆっくりしていたが、次の日からは「せっかくだから」と江戸見物に出かけた。

その間、宿は閉め、弟の時太郎《ときたろう》は姉の家だという。四人はのんきに芝居見物や船遊びを楽しんでいる。

おばあちゃんは小萩の顔を見た途端、「ああ、よかったねぇ」と涙ぐんだのに、翌日はいそいそと遊びに行く。前々からおとうちゃんはお調子者だと思っていたが、それはおばあちゃんから受け継いだ性格だったと、初めて気がついた。

小萩が知らないうちに、お福とお時の間で細かなことが決まっていたらしく、打掛は姉のお鶴と同じく、おじいちゃんの簞笥のお金が使われることになった。伊佐の晴れ着は弥兵衛とお福が持った。

「改めて見たら、ふだんの着物もずいぶん古びていたから、そっちもつくってやることにしたよ。所帯を持つのに、あれじゃあ、かわいそうだもの」

お福はそう言って、唐桟《とうざん》の着物も用意した。

伊佐は着物を二枚しか持っていない。どちらも藍色の木綿で、すりきれた肘と膝にはつぎをあて、冬は綿入れにして年中着まわしている。

祝言を翌日に控えた日、夕餉を終えて帰ろうとする伊佐をお福が呼び止め、手渡した。

「こんな上等なもの、俺にはもったいねぇ」

例によって遠慮する伊佐を、「そんなことを言うもんじゃない。素直に受け取るもんだ」と徹次が諌《いさ》めた。

そうして、膳を片づけていた小萩を呼び止めた。

徹次は小萩に鼈甲細工《べっこうざいく》のかんざしを用意してくれていた。亡くなったお葉が使っていたもので、深いあめ色に銀で牡丹の花の飾りがついていた。

「小萩にもらってほしいんだ。お葉も菓子が大好きで、いつも菓子のことを考えていた。小萩が使ってくれたら、お葉も喜んでくれると思う」

今度は小萩が「上等すぎる」と遠慮した。

「かあちゃんがそのかんざしを挿していたこと、俺も覚えているよ。小萩にも、きっと似合うよ」

幹太が言った。

そんな風にして、祝言の日を迎えた。

牡丹堂はその日は一日休業である。

宴《うたげ》がはじまるのは夕刻からだが、奥の座敷に髪結《かみゆ》いが来て、小萩は髪を整え、化粧をした。掛け下と呼ばれる白無垢の振袖を着て、衣桁《いこう》には紅黄黒の色打掛がかけられていた。

仕事場の方からは、甘いあんの匂いが漂ってきた。留助と幹太が菓子を仕上げているのである。

支度に時間のかかる女たち、お福やお時、おばあちゃんが髪結いを頼み、着替えを終えてやっと軽い昼になり、伊佐や弥兵衛、徹次たちも支度にかかる。着替えがすんで手持無沙汰になった男たちは、てんでに茶を飲んだり、将棋《しょうぎ》を指していた。

動くと着崩れると言われ、ずっと床几《しょうぎ》に座っていた小萩は、少々くたびれ、飽きてきた。部屋の外からは楽しそうな笑い声が響いてくる。

中でも気になったのは祝い菓子だ。

「ま、祝い菓子というのはこれですか」だの、「さすが、牡丹堂さん」だの、「よくできたじゃねぇか」、「二人で考えたのか。よくやった」という声が聞こえてくると、気になって仕方がない。

「花嫁はうろうろするものではないんです」

髪結いに叱られて、部屋の中でじっとしていた。

「おはぎ、ちょっと入ってもいいか」

襖《ふすま》の向こうで、幹太の声がした。

「本当は殿方は入ってはいけないんですよ」

髪結いに言われたが、幹太がするりと入って来て、目を丸くした。

「おはぎ、なんか、すごいきれいだぞ。びっくりだ」

「花嫁さんですからね」

髪結いが言い、小萩は照れた。

幹太は手にした桐箱を見せた。

「祝いの菓子は。二つあるんだ。こっちは吹き寄せ」

昆布に干しえび、そのほか、さらに色とりどりの落雁《らくがん》、雲平《うんぺい》、有平糖《あるへいとう》で、鶴亀、打ち出の小槌などが入って宝尽くしになっている。

「わぁ、きれい。大変だったでしょう」

「まあさ、そのあたりはいろいろとな」

得意そうに鼻のわきをかく。

「でもって、こっちがおはぎだ」

「え、これは……」

小萩は思わず声をあげた。おはぎと思ったら、紅色の牡丹の花の煉り切りである。花びらの先は白のぼかしになっていて、それが優雅に重なりあい、咲き誇っている。

「だって、これは『花の王』じゃないの。おはぎじゃないわ」

その昔弥兵衛が考えた生菓子だ。長い間封印されていたが、菓子比べのときに復活させた。その折、幹太たちも技を受け継いだ。

「おはぎさ。中はおこわだもん。もっとも外側のあんには求肥《ぎゅうひ》が少し混ぜてある。餅の粘りがないと、こんな風に形にならないからさ」

煉り切りの中心のあんを、おこわにしたからおはぎだという論法である。

「伊佐さんにも見せた？」

「うん。さっきね。やられたって笑ってた。じいちゃんも面白いって言ってくれた。こういう祝い菓子があってもいいだろ」

この菓子は川上屋はじめ、馴染みや付き合いのある見世に配るのだ。祝いの品だが、見本でもある。どうやら幹太は職人の腕だけでなく、商いの勘所《かんどころ》が分かってきたらしい。

宴には知り合いの料理屋の座敷を借りた。

伊佐と小萩が並んで座り、両側には牡丹堂の人々と、鎌倉の両親、おじいちゃん、おばあちゃんが座る。親族だけのささやかな宴だ。

徹次が挨拶を述べ、須美が稽古を重ねた高砂を謡った。酒がまわって機嫌のよくなったおじいちゃんが、自分も謡をしたいと言い出し、もう一度高砂を謡った。清吉が自分でつくったという祝いの歌をうたい、幹太と留助が妙な漫才をして、その間にも伊佐はみんなから酒を注がれていた。みんなは口々に小萩をきれいだと褒《ほ》めてくれる。おめでとうとか、よかったわねという言葉をたくさんかけられて宴は終わった。

鎌倉の一行は弥兵衛やお福とともに隠居所に向かい、徹次と幹太と清吉は見世に、みんなそれぞれの家に帰る。

化粧を落とした小萩も伊佐とともに長屋に向かった。

夜空には星がまたたいている。

「みんなに喜んでもらえてよかったな」

伊佐が言った。新調した唐桟の着物を着た伊佐は、いつもと少し違って見えた。

「うん」

おじいちゃんやおばあちゃんや、家族のみんなの顔が浮かんだ。おとうちゃんは、最後、少し泣いていた。

「俺は、すっかり酔っぱらった」

「みんなに飲まされたからね」

「ああ。小萩は何にも食べてなかったな。腹が減ったんじゃねぇのか」

「だって、角隠《つのかく》しが重たくて前にかがめなかったんだもの。でも、さっき、着替えた後で、折詰めを少し食べた」

お腹すいたら家で食べたらいいと、もう一折手にして、さらに、幹太たちの苦労のたまものである菓子折も持っている。

「伊佐さんのところに行ったら、ゆっくりお菓子を見たい。留助さんと幹太さんがつくったおはぎ」

「俺のところ？　今日からは小萩の帰る家だぞ」

伊佐が笑った。

そうだ。そうだった。

小萩はうれしくなって、伊佐の袖をつかんだ。伊佐がその手をつかまえた。

伊佐の温かさが伝わってきた。

　明日はまたいつもの日々がはじまる。早朝から大福をつくるのだ。徹次が明日ぐらい大福を休んでもいいと言ったのに、伊佐がそれはいけないと言って、つくることになった。幹太が、「そういうところが伊佐兄は融通《ゆうずう》がきかねぇんだよ」と頰をふくらませたが、それが伊佐だ。仕方がない。

　どこからか花の香りが漂ってきた。

「花嫁衣裳の小萩はきれいだったけど、違う人みたいだった。俺はいつもの小萩の方が好きだな」

　伊佐が言った。

「そう？」

「ああ」

　これからは毎日、こうやって伊佐とこの道を通って家に戻るのだ。一緒にご飯を食べたり、話をしたりする。小萩はまた、ひとりでにっこりとした。

　長屋はお福たちの言った通り、古くてじめじめしていた。けれど、中に入ると、布団も台所道具も新しいものを用意してくれていたから、いい匂いがした。

　行灯《あんどん》の明かりをつけ、畳に座って足を伸ばしたら、急に疲れを感じた。

「なんだか、このまま、寝転んでごろごろしたい」

「なんだよ。しょうがねぇなぁ」

そういう伊佐も体を伸ばしている。七輪があったから湯を沸かして茶でも飲もうと思っていたのに、もう、それもいいような気持ちになった。

「ああ、お茶もいいな。もう、今日は何にもしないで」

そう言いながら、小萩の頰に触れた伊佐が驚いたように言った。

「どうして、こんなにほっぺたが、すべすべしてやわらかいんだ。まるで、お餅だな」

伊佐は壊れやすい、大切なものに触れるように、そっと小萩の頰をなでた。伊佐の息は青い麦のような匂いがした。腕の中にすっぽりと包まれると、そこはうっとりするほど温かかった。

最初のころ、ぶっきらぼうな言い方をする伊佐が少し怖かった。その伊佐のことを好きと思ったのは、いつからだろうか。突然、お母さんが現れたときだろうか。それとも、もっと前からか。隣の味噌問屋のお絹《きぬ》が伊佐を好きだと言って、小萩は後押しをしていたけれど、本当はあの頃から小萩は伊佐のことが気になっていたのか。

「ねぇ、伊佐さんは、私のこと、好き？」

「なんで、そんなことを聞くんだ」

「だって」

「当たり前じゃないか」

伊佐は小萩にまわした腕に力をこめた。伊佐の鼓動が小萩の胸に伝わってきた。

「いつから？」

しばらく考えていた。

「お袋が死ぬ少し前かな。小萩が俺のことを探して来てくれただろう」

「それって、冬の話じゃない。そんなに最近のこと？　それまでは、全然、私のことなんか気にしてなかったの？」

「いや、そんなこともねぇけどさ」

静かな夜だった。二人の低い話し声が部屋に響いていた。

「小萩のことは……最初からかわいいと思っていたよ。だけどさ、不器用だし、なんにもできないから……。きっと三月《みつき》もしたら里に帰るだろうと思っていた」

「失礼ね」

小萩は伊佐の鼻をつまんだ。

「それに、ちゃんとした家の娘さんで、見世が預かっているって聞いたし。俺は親もいないから……そういう気持ちを持ってはいけないと思っていた」

「そんなの関係ないじゃないの」

「関係あるよ。一生貧乏暮らしじゃ、かわいそうだよ」

生真面目な顔で伊佐は答えた。

「だって、いつか自分の見世を持ちたいって言ってたじゃないの。伊佐さんには夢があるじゃないの」

「……夢か。そういうことを考えるようになったのは、小萩が来てからだ。夢ってのはさ、贅沢なもんだよ。明日の、明後日の、その先のことだろ。その先が明るくて、輝いているなんて思えなかった。そういうことを、考えちゃいけないって思っていたのかな」

二十一屋に引き取られて、幹太と兄弟のように育ったと聞いた。お福も、亡くなった幹太の母、お葉も、家の子と思っていた。うるさいほどにあれこれと世話を焼いたに違いない。それでも、伊佐はどこか頑なだったのだ。一歩引いていた。

「だって、いつか、本当のおふくろが俺を迎えに来るかもしれないだろ。そのとき、あまりにも俺が牡丹堂に馴染んでいたら、おふくろがかわいそうだよ。……そんなことを、本気で考えていたんだな」

伊佐の乾いた低い笑い声がもれた。

「それに、俺だって、つらいしさ。だれかを好きになったり、仲良くなったら、別れるときがつらいじゃないか。その人がいなくなった時のことが、心配じゃないか」

「そんなことを心配していたら、だれも好きになれないじゃないの」

「そうだな。だけど親父が死んで、おふくろがいなくなって……。その上、お葉さんまで逝《い》ってしまった。俺は本当に、もう二度と、こういう悲しい思いをしたくないと思った。悲しい思いをするくらいなら、誰とも親しくならずに、ずっと一人でいる方がいい」

伊佐は自分のこぶしを握っていた。

そのこぶしの中には、思い出が入っているにちがいない。こぶしを開けば、きれいで温かい、やさしいものが手に入ることが分かっていても、伊佐はこぶしを開くことができない。手の中のものを、失うのが怖かったのだ。

だれよりも淋しくて、人とのつながりを求めていたくせに、伊佐はそれを拒んでいた。

小萩は伊佐のこぶしを自分の手で包んだ。

「私はずっと伊佐さんと一緒にいるから。伊佐さんが嫌だって言っても、離れないから。ね、いいでしょ。私たちは家族なんだから。家族ってそういうものなのよ」

固く握ったこぶしの力が少しずつ抜けていった。

「俺は、昔のことに縛られすぎていたのかな。うん、そうかもしれないな。小萩のそばにいると、俺はやさしい気持ちでいられるな。悲しいことやつらいことばかり、考えなくてもいいんだって思えてくる。これからは、いいこともたくさんあるような気がするよ」

伊佐の声が少し震えていた。

「もちろんよ。そりゃあ、つらいことや大変なこともあるかもしれないけど、私たち二人なら、きっと大丈夫よ」

小萩は明るい声を出した。

遠くで風の音がした。

どんな偶然で、伊佐と一緒になったのだろう。

たまたま菓子に出会って、牡丹堂に来て、伊佐がそこで働いていた。それは、本当にただの偶然だったのだろうか。

小萩は伊佐の胸に手をあてた。

ここに見えない傷があるのだ。その傷は深くて、とげが刺さっているように今でも痛むのかもしれない。伊佐の痛みを小萩は感じることはできない。けれど、伊佐の抱えている痛みを軽くすることはできるかもしれない。

伊佐のことを守っていくのは自分の役目だ。二人で幸せになるのだ。

帰り道で眺めた星空が浮かんだ。真っ暗な空に小さな光が、またたいていた。

小萩は、この夜のことを忘れないようにしようと思った。

いつか子供ができてお母さんになっても、おばあさんになっても。

「私は伊佐さんの傍にいるから。ずっと一緒だから」

小萩はそう言って、もっと近くに添いたくて体を寄せた。

忘れがたみの大工道具

一

伊佐と小萩が一緒に暮らすようになって半月が過ぎた。若葉が茂る気持ちのよい晴天が続く。

住まいは神田の伊勢町《いせちょう》の棟割《むねわ》り、いわゆる裏長屋である。差配が壱兵衛《いちべえ》なので壱兵衛長屋と呼ばれている。伊佐は小萩が来る少し前まで牡丹堂に住み込んでいたが、一人になりたいと自分で見つけてきたのが、この壱兵衛長屋だ。

入ってすぐに差配の壱兵衛の部屋。どぶをはさんで向かい合うように七軒と五軒が並び、奥には厠《かわや》と井戸、それに小さな稲荷《いなり》の祠《ほこら》がある。伊佐と小萩の部屋は入って二軒目で、右隣はたが屋の夫婦、左隣は独り者の瓦《かわら》職人である。

かまどのある土間に四畳半。布団と茶簞笥、行李《こうり》をおくと、もうかなりいっぱいになってしまう。せっかくお福が用意してくれた台所道具や器だが、半分はいずれ家移りしたときに使うからと隠居所で預かってもらうことにした。

狭いのは覚悟していたが、壁が薄いので隣の物音がよく聞こえるのには驚いた。伊佐と小萩がそろそろ休もうかと思っていると、右隣のたが屋の入り口の戸がガタガタ鳴る。次郎兵衛《じろうべえ》が戻って来たのだ。

女房のお寅《とら》の不機嫌そうな声が響く。

「しょうがないねぇ、あんた、また、今日も呑んできちまったのかい」

次郎兵衛がもぞもぞと答える。

左隣の瓦職人の安造《やすぞう》は酒を呑んで機嫌がよくなると、箸で皿や茶碗をたたきながら調子っぱずれな歌を歌い出す。

「明日が晴れなら、朝から仕事。雨が降ったら寝てられるっと。こりゃ、こりゃ」

こんな風に隣の物音が聞こえるということは、小萩たちの方からも隣に伝わっているのだろうか。

鎌倉の家は旅籠《はたご》をしているくらいだから、それなりに大きな家で隣とも離れていたので、話し声が聞こえることもなかったのに。

小萩はどうしても気になってしまう。

はじめての夜、小萩は泣いてしまったのだ。それはうれしかったからだけど、伊佐は驚き、あわて、何度も謝ったり、慰めたりした。

そのやり取りも隣に聞こえていたのだろうか。

それは恥ずかしく、同時に少し悲しい。二人だけの秘密にしておきたかったから。

お福が誂《あつら》えてくれた布団は綿がたっぷり入って、ふかふかしている。夜、その布団にくるまって、小萩は伊佐とおしゃべりをするのが好きだ。店のことや、お客のこと、結局は菓子の話になるのだけれど、伊佐に体を寄せてその温かさや胸の鼓動を感じながら、お互いの腕をからめたり、意外に厚みのある胸に触れたりしているうちに、とろとろと眠くなってしまう。

いつかの夜は、伊佐はやわらかな指でなぞるように鼻や頬や唇をそっとなでた。

「どうしたの？」とたずねると、「ずっと小萩の顔を覚えていたいから」と答えた。小萩はどこにも行かないし、これからもずっと一緒にいるのに。

「心配なんだよ」

伊佐は困ったような声を出した。そんな伊佐を小萩はとてもかわいらしいと思った。

そうしたできごとは、小萩の日々を染めていく。

それは秘め事ともいうべきもので、二人以外のだれにも知られたくないのだ。

静かな夜は物音が響く。小萩たちの睦言《むつごと》をどこかで耳にする人がいるのかもしれない。

お福が何度もあの長屋でいいのかと聞いた意味がやっと分かってきた。

見世から戻った夕方、井戸端で洗濯をしていると、お寅と向かいの左官職人の女房のお万《まん》がやって来た。

「昨夜、お宅のご亭主が、井戸端で洗い物をしただろう」

お寅はぐりぐりとよく動く目で小萩を見て言った。

「はい。そうですけど」

「あんたね、旦那さんに洗い物なんかさせちゃだめだよ。それは女房の仕事だよ」

お万も細い目でにらむようにした。

「あ、はい……」

小萩は勢いに押されて答えた。

洗濯をする日は見世から少し早く帰ってすませ、翌朝、家を出る前に干すことにしている。早朝に大福を包むから、そうするしかないのだ。

昨日は午後から雨が降って、干しておいた洗濯物が全部ぬれてしまったのだ。それで小萩が夕餉の支度をしている間に、伊佐がすすぎ直してくれた。一人暮らしが長い伊佐は洗濯も掃除も手早く上手で、気軽に手を貸してくれる。

それがいけなかったらしい。

「亭主に女の物を洗わせたりしたら、あんただけでなくて、亭主が笑われるんだよ」

お寅が決めつけるように言った。

「あたしは漬物屋で働いているから、あんたと同じように朝が早いけど、一度だって亭主に洗わせたことなんかないよ」

お万は誇らしげに言った。

「わかりました。気をつけます」

小萩は答えた。

けれど、それはたまたまなのだ。小萩だって洗濯を全部、伊佐にやってもらうつもりはない。お寅とお万は、まるで見張っていたように翌日すぐやって来て、文句を言う。なぜ、関係のない二人に言われなくてはならないのか。

小萩はなんとなく、嫌な気持ちになった。

けれど、そのことは伊佐に言わなかった。

「明日、裏の空き地の草むしりがあるんだよ。蚊が出るから、刈らなくちゃならないんだ。どこの家からも一人出ることになっている」

お万がやって来て小萩に伝えた。長屋の北の裏手に堀川が流れていて、堀川に沿って細長く空き地が続いている。伊佐は風呂に行っていて、部屋にいるのは小萩一人だった。

「明日ですか？　そんな急に言われても……」

そもそも、空き地の草むしりをするなどという話は伊佐から聞いていない。初耳だ。

小萩の顔にそれが現れたのだろう。お万が続けた。

「今まで、伊佐さんは独り者だったからね、仕事を休ませるのは気の毒だと思っていたんだよ。だけど、今は二人だから」

「私も見世の仕事が……」

「働いているのは、あんただけじゃないよ。年に何度もあることじゃないから、見世に頼んで半日休みをもらいな」

決めつけるように言うと去って行った。

夏になると虫が出るから、今のうちに雑草を刈っておくのだそうだ。ボウフラが湧かないように水たまりは埋め、ごみを片づける。

小萩は半日休みをもらって、草むしりに加わった。

仕切るのはいつものようにお寅で、男は畳職人の八助《やすけ》、魚の棒手《ぼて》振りの辰吉《たつきち》、瓦職人の安造ほかはみんな女房たちである。

「長屋は持ちつ持たれつだからね、こうやってみんなと一緒に仕事をすることも大事なんだよ」

差配の壱兵衛にそんなことを言われた。

「はい、じゃあ、八助さんと辰吉つあんは、そこの水溜まりを埋めておくれ。お万さんとおつぎさん、小萩さんは柳の木の右側、ほかは左側の草むしりだ」

お寅が指図をする。小萩はみんなに続いて持ち場についた。

そこは細い茎の先に緑の穂をつけたオヒシバが繁茂《はんも》している。根は深く、茎をつかんで引っ張ってもなかなか抜けない。

「ああ、ただ引っ張っても抜けないよ。根元の方をつかんで、腰に力を入れるんだ。うっかりつかむと、葉っぱで手を切るから注意しな」

八助の女房のお梅《うめ》に言われた。見ると、股引《ももひき》をはいて手には手ぬぐいを巻いている。

「あんた、江戸の生まれかい。草むしりなんか、したことないだろう」

「そんなこと、ないです。鎌倉の先の田舎の村だから、草むしりをしてました」

「ほんとかねぇ。そんな風に肌を出していると虫に刺されるよ。いつまでも痛いんだ。旦那の股引を借りておいで」

小萩は急いで部屋にもどり、手足をさらしで巻いた。手ぬぐいで姉さんかぶりにして、首のまわりもおおった。

「ああ、そんならいい。安心だ」

言われたように草の根元をつかんで引っ張ると、なんとか抜けた。太い根から伸びた細い根が土をがっちりとつかんでいる。

お梅は体は細いのに力が強く、小萩が一株をやっと抜く間に、三株、四株と抜いていく。草と土の匂いがあたりに満ちて、時折吹いていく風が心地よい。

「ほら、こっちが遅れているよ」

お寅の声で、辰吉の女房のお染《そめ》が来た。鎌を手にして、ざくざくと切っていく。すぐに草の山ができた。それを集めるのは少し大きな子供たちの仕事だ。刈るだけだからすぐ伸びてしまうが、とりあえず夏は越せそうだ。

「おお、半助《はんすけ》、よく働くなぁ」

お梅の息子の半助は十歳くらいのはしっこそうな男の子だ。褒められて半助は得意そうな顔になる。

もっと小さな子供たちは追っかけっこをして遊んでいた。そういう子たちの面倒を見るのは、赤ん坊を背負っている女で「ほら、転ぶんじゃないよ」とか「そっちは刃物を使っているんだからだめだよ」とか、始終怒鳴っていた。

長屋の人々はみんな仲が良く、冗談を言っては笑う。気がつくと、小萩も一緒に笑っていた。

　草むしりがすんで昼になった。

　昼飯は握り飯と汁で、お寅たちが用意をしてくれた。

「そうかぁ。あんたが伊佐とねぇ。同じ見世で働いているんだって」

「伊佐は仕事熱心だし、真面目だし、よかったねぇ。あんたも安心だ」

「そろそろ所帯を持ったらいいのにって、思ってたんだよ」

　長屋の女房たちから、そんなことを言われた。

　伊佐が言ったとおり、みんないい人たちである。親切だ。自分もこの輪の中に入って、助けたり、助けられたりして暮らしていくのだ。

　一人一人の顔をながめながら思った。

「早く子供をつくることだねぇ」

「そう、そう。子供はかわいいよ」

　お決まりの話の流れになる。

「まぁ、そんなこたあ、こっちが心配するこたあねぇよ」

　安造がのんきな調子で言った。

　やっぱり、聞こえているのかもしれない。小萩は赤くなってうつむいた。

半日草むしりをして午後、牡丹堂に出た。

小萩は平気なつもりだったが、かなり疲れていたのだろう。見世にいた須美と代わろうとすると、心配そうな顔で言われた。

「小萩さん、無理しなくてもいいのに。今日は休んでよかったのよ。どう？　長屋の人たちとも仲良くなれた？」

「はい、だいぶ。草むしりに出て、みなさんとお話しできましたから」

「そう。それならよかったわ。ご近所付き合いは気を遣うわよね」

須美は笑みを浮かべた。

また、しばらくして小萩が井戸端にいると、留助がひょっこりとやって来た。

「結局、引っ越しの話はなくなったんだって？」

「そうなの。伊佐さんが、今のままあそこに住み続けたいって言ったから」

「おかみさんも須美さんも、あそこじゃあ、小萩さんがかわいそうって言っているけど、そんなにひどいところなのか？」

「後ろが掘割だから湿気が強いのよ。それに壁が薄いから、隣の物音がよく聞こえるし……」

「あは、棟割り長屋はみんなそんなもんだよ」

留助は気に留めていない様子だ。気にしているのは小萩だけなのか。

「住んでいるのはみんないい人たちなんだろ。それが一番だな。長屋は持ちつ持たれつだからな。伊佐のことだから、結構、近所の人に好かれているんじゃないのか」

「そうなの。よく分かるわねぇ」

いっしょになって、小萩は今まで知らなかった伊佐の一面を知るようになった。伊佐は案外面倒見がよく、頼まれごとも気軽に引き受けていた。

「牡丹堂の二階にいた伊佐が長屋に引っ越したのは、小萩が来る少し前だったな。その頃から隣の部屋のじいさんの面倒を見ていたって聞いたよ。元は大工で、身寄りがなくて一人暮らしだった。たしか、最期《さいご》を見届けたのも伊佐だ」

「そんなことがあったの」

「ああ。あいつ、子供のころ、帰らないお袋さんを待って部屋で倒れていただろ。助けてくれたのは、長屋の人たちだった。だから、今度は自分が困っている人を助ける、それが長屋の暮らし方だし、世間への恩返しなんだって言ってた」

恩返し。

思いがけない言葉を聞いた。

きっと伊佐が生まれ育った長屋に似ているのだろう。

だから、今の場所から離れたくないのか。

「まぁ、よかったじゃないか。いいところで」

留助が明るい声で言った。

その日、小萩庵に注文があった。

以前、小萩に素人落語会の手土産の菓子を注文した下駄屋のおかみだ。丸々とした顔をほころばせて言った。

「うちの亭主がまた、落語会をするんだよ。この前の菓子はみんなにとっても喜ばれたからね、ああいうのをまたお願いしたいんだ」

下駄屋の亭主の趣味は落語である。本職の落語家について習っていて、知り合いを集めて落語会を開く。素人の会に義理でやって来るのだ。せめて、気の利いた手土産でも持たせたいというのである。

落語会は座敷で開くというので、箱を四畳半のように仕切り、『あくび指南』という演目にちなんで隅田川を表した波模様の干菓子、酒好きのひょうたん、ほかに半生の黒糖羊羹、寒氷《かんごおり》を加え、さらに辛党のためにかき餅も添えた。

「今度の演目はなんでしょう」

「『大工調べ』だってさ」

「ほう、そりゃあ、大ネタだぁ」

たまたま傍にいた落語好きの留助が話に加わった。

「あ、そうなのかい？　なんだか知らないけど、うちの人は張り切って毎日稽古《けいこ》しているよ」

噺《はなし》の内容はこうだ。

大工の与太郎《よたろう》が仕事に出てこないので棟梁《とうりよう》が様子を見に行くと、長屋の家賃を溜めていたので、大家にのこぎりなどを入れた道具箱を取り上げられてしまったという。

溜めた家賃は一両二分八百文。

棟梁は手元にあった一両二分を持たせて大家の下へ行かせるが、大家は八百文足りないと与太郎を突っ放す。らちが明かないとみた棟梁は与太郎と二人で乗り込むが、大家は強硬だ。怒った棟梁は威勢のいい啖呵《たんか》をきって奉行所へ駆け込み訴えをする。

「それまでじっと我慢していた棟梁が、因業《いんごう》な大家に胸のすくような小気味のいい啖呵をきる。そこが面白いんだ。聞かせどころだね」

留助が落語好きのところを見せる。

「はあ……」

以前、下駄屋の亭主に『あくび指南』を聞かせてもらった小萩はそっとため息をついた。

『あくび指南』は暇を持て余した男が、わざわざ金を払って師匠について「あくびの仕方」を習うという馬鹿馬鹿しい話である。

間の抜けたやり取りがあって面白そうな話なのだが、亭主が気持ちよさそうにしゃべるだけで、聞いている方は退屈だった。だから、肝心のあくびを教える場面の前に帰ってきてしまったのだ。

今回の『大工調べ』は『あくび指南』よりはるかに難しそうである。

果たして、胸のすくような小気味のいい啖呵をきれるのだろうか。途中でつっかえたり、言い淀《よど》んでしまったら台無しではないか。

「あ、いや、だけどね。ほら、以前、あんたが聞いたのはまだ稽古中だったからさ。本番じゃあ、結構うまくしゃべって師匠にも褒められたんだよ。今度のもさ、そろそろ、これぐらいのものをやったらどうだって、師匠に勧められたんだって」

気配を察したのか、おかみさんは急に亭主の肩を持つ。

自分では亭主のことをくさすくせに、他人に言われると亭主の味方になろうとする。女房とはそういうものだ。

「まぁ、そういうことだからさ。悪いけど、手土産のほうをお願いするね。数はこの前と同じ二十。お代もおなじにしてもらえるとありがたいねぇ」

　おかみは気を取り直したように言った。

　徹次に伝えると、一人で抱えないで、どんどんみんなの手を借りたらいいと言われた。そばにいた幹太と留助に相談した。

「素人落語会の土産菓子の注文って、以前は箱を四畳半みたいに仕切って、そこに隅田川やあれこれ干菓子を入れたんだよな」

　長方形の畳を四枚、中央が半畳に見立てた正方形になるように四角い箱を仕切って、それぞれに違う菓子を詰めた。

「そうそう。それで、今度は『大工調べ』って演目なんですって」

　演目について、留助が説明をする。

「今度は道具箱の見立てで長方形にしてみるか。金づちに見立てた団子とか、せんべいでつくったのこぎりとか面白いな」

　幹太はあれこれと思いつく。

　そのとき、届け物に行った伊佐が戻って来た。

「何の相談をしているんだ？」

そこでもう一度小萩が素人落語会の土産菓子の話をし、留助が『大工調べ』について解説をした。

「墨壺《すみつぼ》なんかはどうだ？　あれは面白い形をしているんだ。以前、隣の部屋に住んでいた人が大工で、俺がもらった。どっかにあるはずだよ」

墨壺は材木に直線を引くための木製の道具だ。中央には墨を含ませた綿を入れるためのくぼみ、脇には糸車がついている。糸の端を引くと、墨を含んだ糸が伸びて、材木に印をつけることができる。

伊佐は戸棚の奥からあめ色になった木製の墨壺を取り出して来た。くぼみのところには龍の頭に、糸車は尾の形になっている。龍は大きな目玉を見開いて、かっと宙をにらんでいる。太い尾は今にも動き出しそうだ。

「ずいぶん大きくて、立派なものねぇ」

小萩は感心して言った。それは実用の品というより、飾り物のように見えた。

「うん。長屋に来た頃はもうあんまり体も動かなかったけど、以前は、いい大工だったらしいよ」

隣に住んでいたから、伊佐はなにかと面倒を見ていたそうだ。

「そのじいさんが死んだとき、道具箱が残された」

その大工の道具を、長屋の人たちで形見分けにした。

のこぎりやかんなはすぐに引き取り手が決まり、最後まで残ったのが墨壺で、置く場所がないので牡丹堂に持って来ていた。

「なんか、名人の作って感じがするよなぁ。しまっておくのは、もったいないよ。二人の部屋に飾ったらいいじゃねぇか」

「いいえ、そんな場所はありません」

留助の言葉をあわてて小萩が遮《さえぎ》った。

すっきりと片づいている弥兵衛とお福の隠居所ならともかく、狭い長屋の部屋には飾り物をおく場所がない。

「見世において花でも生けたらいいよ」

幹太に言われて、小萩は裏庭の山吹の花を墨壺に生けて見世においた。

「あれ、なんだ、これ。面白いねぇ」

やって来たお客が気づいてたずねた。

「大工さんが使う墨壺っていうものらしいですよ」

小萩が説明する。

「立派なものだねぇ」

そんな風に褒めてくれる人もいた。

二

「ああ、ちょっとあんたに話があるんだ。小萩、奥の部屋に来てくれないか」

見世に立っている小萩に、お福がやって来て声をかけた。自分は足早に奥の三畳間に入っていく。そこは、別名、『おかみさんの大奥』。内緒話をする部屋でもある。

「なんでしょうか」

「まぁ、そこにお座りよ」

そう言ったまま、小萩を前にしてどう切り出そうか考えている様子だ。

「お茶でも、いれましょうか」

「いや、いらない。……じつはさ」

お福は切り出した。

「弥兵衛さんが怪しいんだよ。このところ、なんだか、こそこそしている。あたしに隠していることがあるらしい」

「思い過ごしじゃないですか……」

「何年、女房をやっているると思っているんだよ。そういうことは、分かるんだ」

お福はきっぱりと言った。

「ここのところ何回か、昼過ぎに出かけていく。どこに行くか言わないんだ。あたしのいない隙をねらってそっと……。誰かに会っているらしい」

「はあ」

弥兵衛は粋《いき》な人である。洒落《しゃれ》っ気《け》があって話も面白い。若い頃は相当にもてたそうだ。

しかし、今は六十も過ぎて隠居の身だ。

ちょっと出かけたぐらいで、そう心配するほどのことはないのではないか。

そう思ったことが顔に出たらしい。

「あたしはね、弥兵衛さんがどこかで誰と会うとか、そういうことに気を遣っているわけじゃないんだよ。そうじゃなくてね、つまり、気持ちが悪いんだよ。あんただって、分かるだろ。伊佐が、あんたに黙ってどっかこっそり出かけていたら、何をしているのかと思うじゃないか」

「はい。たしかに」

教えてくれてもいいのに、なぜか黙っている。黙っていなければならない理由があるのか。なんだか気になる。ざわざわとする。

それが気持ち悪いということか。

「それでね、今日も出かけたんだ。場所は分かっているんだ。小浜《こはま》っていうそば屋だ。二階にちょっとした座敷がある」

そこまで分かっているなら、行けばいいのに。

「あたしは何も詮索をしようってわけじゃないんだよ。だからさ、たまたま、あんたとあたしが同じ見世に入ったという風にしたいんだよ」

やっと話が見えてきた。お福は偶然を装いたいのだ。

「わかりました」

小萩はうなずく。

見世は須美に頼んで出かけた。

小浜は大通りを少し神田に向かった先の十軒店新道《じっけんだなしんみち》にある。そば屋といっても、なかなか気の利いた造りである。

「旦那さんは、ここの二階にいるんですか」

「そのはずなんだけど」

急に返事があやふやになる。しかし、二階に上がってどうしようというのだ。まさか襖に耳をあてるわけにはいかないだろう。

「どの部屋にいるんでしょうねぇ」

「そうだねぇ……。まぁ、考えてみたら、あたしがあれこれ気をもむほどのことでもないか」

帰ろうとする。

「おかみさん。心配だ、なんだか気持ちが悪いって言ったのはおかみさんですよ。ここで帰ったら、やっぱり気持ちが落ち着かないままですよ。それでいいんですか」

「そんなことを言ったって、どうすることもできないじゃないか。まさか、乗り込んでいくわけにもいかないだろ」

眉が八の字になった。しっかり者のお福が、弥兵衛のことで気をもんでいる様子はちょっとかわいらしい。

「じゃあ、旦那さんが帰ったらそれとなく聞くしかないですね」

「ううん。そうだねぇ、仕方がないか……」

そう言いながら、お福は未練がましく二階を見上げた。そのとき、二階の窓が開いて弥兵衛が顔を出した。

「どっかで聞いたことのある声だと思ったら、お福じゃねぇか。そんなところで何をやっているんだ。あがってくればいいじゃねぇか」

しょうがねぇなあという顔で見ている。

小萩とお福は言われるままに二階の座敷にあがった。部屋に入ると作兵衛もいた。

「いやあ、お福さん。お久しぶり」

ぺこりと頭を下げた。

「あれ、なんだ。作兵衛さんと会ってたのか」

「だれと会ってたと思ってたんだよ。年寄り同士、積もる話があるんだ。まあ、立ってないで座りなよ」

弥兵衛に言われてお福と小萩が座ると、すかさず女中が茶を運んで来た。

「ああ、この人たちにそばをね。天ぷらも適当にな」

弥兵衛は慣れた様子で注文した。

「いや、今日は折り入って相談があったんだ。せっかくだから、お福さんにも聞いてもらおうかねぇ。いや、ほかでもないお文のことだよ。嫁にやりたいと考えているんだ」

「婿とりじゃなくてかい。じゃあ、千草屋はどうするんだよ」

弥兵衛がたずねる。

「いやね、婿をとって千草屋を残したいっていうのは、もちろんだよ。そう思ってたけど、なかなかいい婿の来手《きて》がないんだ。それってぇのも、お文が菓子に熱をあげすぎてるんだな」

「商売熱心でいいじゃないか。福つぐみだって売れてんだろ」

弥兵衛が言う。

「だけど、ただでさえ婿さんは肩身が狭いのに、嫁さんがシャキシャキ働いていたら、居場所がない。料理屋なんかでも、家付き娘のおかみがしっかり者だと亭主はたいてい道楽者になっちまう」

お福が決めつける。

「そうだろう。それを、俺も心配してるんだ」

「それで嫁入りか。あれだけの器量だ。その気になれば話はあるだろう。お文さん目当ての客だって多いんじゃないかい？」

小萩の頭に一瞬、山野辺《やまのべ》藩の留守居役《るすいやく》の杉崎《すぎさき》の日に焼けた顔が浮かんだ。大の菓子好きで、この頃は千草屋にもよく足を運んでいる。案外、お文のことを気に入っているのかもしれない。

だが……、顔は目と目が離れて魚のはぜのようだ。

やっぱり違うような気がする。

そのとき、そばの膳が運ばれてきた。弥兵衛と作兵衛の膳はせいろにそばみそに酒、お福と小萩にはえびとれんこんの天ぷらがついていた。

五人は話を中断して、しばらく食べることに集中した。そばの実が入って七味を効かせたそばみそはつやつやといい色合いで、それをあてに、弥兵衛と作兵衛は酒を飲む。小萩はからりと揚がった天ぷらに箸を伸ばした。衣がサクサクでえびが大きい。お福は横でするするとそばをすすっている。

「この前、知り合いが、そばは敦盛《あつもり》に限るっていうから食べてみたけど、わしはあれは好かんなぁ。上方《かみがた》の方じゃ流行《はや》っているらしいけど」

弥兵衛が言う。

「あつもりってぇのはなんだい」

作兵衛がのんきな声を出す。

「ゆでたそばを水でしめずに、熱いまま出すんだよ。せいろで蒸して出すところもあるな。温かい盛りそばだね。熱いまま出すから熱盛、平《たいらの》敦盛の洒落だよ」

平敦盛は平家一門の中でも、とくによく知られた若武者だ。一ノ谷の戦いで源氏の武将、熊谷直実《くまがいなおざね》に討たれ、十七歳の命を散らした。文楽や歌舞伎にもなって、観客の涙をしぼっている。

「そりゃあだめだよ。そばはのどごしだもん。水でしめなかったら、やわらかいんだろ。それじゃあ、そばの味が台無しだ。上方の連中はそばとうどんの違いが分かってねぇんだよ」

そんな風にしばらく、二人は江戸っ子の粋について語った。

そば湯でひと息ついて、話はまた元に戻る。

「作兵衛さんはどういう人がいいって思っているんです？」

「ううん、ああ、そうだねぇ……。まぁ、人物だよ」

「いくら人物がよくても、遠くに行ってしまうのは困るねぇ」

「うん、まあ、そうだねぇ。神田とは言わねぇけど、せめて日本橋。両国《りょうごく》、深川はちっと遠いなぁ」

ずいぶん範囲が狭くなる。

「あんまり忙しいとなぁ、実家に顔も出せねぇとなると作兵衛さんも淋しいやね」

「あ、は、はは、そうだねぇ。忙しいのはねぇ」

「なにを言っているんですか。嫁に行くってのは、そういうことですよ。見世はどうするんですか？」

「え、ああ、まぁ、そうだねぇ。そのときは、そのときのことで……」

作兵衛はだんだん歯切れが悪くなる。どうやら本音のところはお文を嫁に出したくないらしい。お福は呆《あき》れたような顔になる。

「しかし、このままって訳にはいかねえからなぁ」

作兵衛が話を蒸し返す。話は堂々巡りである。

「じゃあ、あたしたちはこの辺で。小萩もね」

あっさりとお福は立ち上がり、見世を出た。

そば屋からずいぶん離れたところに来て、お福は言った。

「なんだ、作兵衛さんはあの調子で弥兵衛さんを相手に、ぐずぐず言っていたのか。そうと言ってくれればいいのに。あれこれ心配して損したよ」

最初からそんなことだろうと考えていましたよと思ったけれど、小萩は言わない。

「しかしねぇ。親父があの調子だと、お文さんはこれからもずっと、あのまんまだよ。気がつくとすぐ三十だ。二十から先は早いからねぇ」

お福は考えている。

「ちょいと、あたしが世話を焼いてやろうかね」

そう言って、お福はすたすたと歩き出した。

見世に戻ると、幹太がやって来た。

「おはぎ、例の落語会の菓子なんだけどさ。酒呑みが多いっていうから、ちょっと考えてみたんだけど」

盆にあられ風のものがいくつか載っている。

「これは、あられ。それで、こっちは乾そばとそうめんを揚げて青のりと桜えびの粉をまぶしたやつ」

「しょっぱいの？　甘いもんじゃなくて？」

「だから、半分は黒糖羊羹にする。この前、かき餅が喜ばれたっていうからさ。なんか、こういうのって男の菓子って感じがするだろ」

「うん。粋な感じがする」

「だろう」

幹太はうれしそうに鼻をひくひくさせた。

「箱はどうするの？」

「それはまだだけど……。でもさ、道具箱はふつうの長四角だって言うから、この前の四畳半でもいいかなって。だけどさぁ、こんな風に頼まれた菓子を考えるのは面白いな。見世で売るやつとはまた違うから」

小萩はもう一度、盆の上の揚げ菓子をながめた。

乾そばはねじり、そうめんはざっくりと束ねてある。見世で売る菓子は、どれもきれいに同じ形にするのが決まりだが、あえて形にこだわらずに仕上げたのだろう。

肩の凝らない、気楽な感じがした。

「とっても面白いと思う」

小萩は言った。少し淋しい感じがした。

幹太のことだ。これからも、きっと面白い案を出してくるだろう。小萩の出る幕がなくなってしまうかもしれない。


それから何日か過ぎた。久しぶりに小萩が千草屋をたずねると、お文が話しかけてきた。

「茶人の霜崖《そうがい》さんをご存じでしょ。この前、お茶会があるってお福さんに誘われて行って来たの」

霜崖は牡丹堂がお世話になっている茶人である。

「行ったらね、お客は私ともう一人だけなのよ。霜崖さんのお知り合いで、深川の大きな材木屋さんの息子さんですって」

どうやら、お福はさっそく動いたらしい。

しかし、考えてみればずいぶん、思い切った手である。ふつうは若い男女をいきなり会わせたりしない。釣り書きを見て品定めし、その上で離れた場所からちらりとお互いを見るなど、あれこれ手順を踏むものだ。

「子供の頃から習っていたそうで、とてもきれいなお点前《てまえ》をなさるの。私が菓子屋をしていると言ったら、自分も菓子が大好きだとおっしゃって、お菓子のこともよくご存じなの」

「すてきな方ですね」

「そうね。お仕事のほうも熱心だと、霜崖さんがずいぶん褒めていらしたわ。でも……」

お文の顔が少し曇った。

「家に戻ったらおとっつあんがそわそわしていて、どうだったたって聞くから……。私もやっと気がついたの」

「それで、なんて答えたんですか？」

「ありがたいお話だけれど、私は千草屋が好きだし、こうしておとっつあんの傍にいるのが幸せだから、もう、私のことは心配しないでくださいって答えたわ。自分の身の振り方は自分で考えられる年になりましたからって」

「作兵衛さんはなんて？」

「子供みたいに泣き出した。だからね、小萩さんも、もし、私のことが話題になったら、お文は今のままで幸せだから心配しなくてもいいですよって言ってね」

にっこり笑った。

どうやら、すべてお見通しだったらしい。

半時ほどして用事を終えての帰り道、再び千草屋の前を通ると、見世先に杉崎の姿があった。何やら熱心に話をしている。

「今ね、杉崎様に新しい福つぐみのことでご教授いただいているのよ」

お文が小萩に声をかけた。

「いやいや、ご教授だなどと言われては面《おも》はゆい。ただ、私は一介の菓子好きとして感想を伝えているだけです」

そう答えた杉崎の手には、黒っぽい生地の福つぐみがある。前に聞いた黒糖風味の姉妹品を試してみたらしい。

「外が黒糖生地で中は白あんというのは、見た目は面白い。けれど、味としてはね、こくのある黒糖とあっさりした白あんでは相性がよくない。ここはね、思い切って中も黒糖、外も黒糖という風にしたらいかがだろうか。あ、いや。これは、あくまで私の素人考えですから……」

日焼けしているのでわかりにくいが、頬が染まっている。よく見ると、いつも明後日の方を向いている髷《まげ》が、今日は前を向いていた。いつもの色の褪《あ》せた古い着物ではなく、上等の紬である。

「まぁ、おっしゃる通りです。たしかに、見かけばかり気にしていましたけれど、味としてはそちらの方が合っていますね。さすがです」

お文は心から感心した様子だ。褒められた杉崎は大いに照れている。

「小萩さんもおひとついかが？　感想を聞かせていただきたいわ」

「あ、いえ。私なんかより、杉崎様の方がよっぽど適任ですよ。だって、たくさんお菓子を食べていらっしゃるし……」

二人を邪魔してはいけないような気がしてそそくさとその場を去った。

あれれ。なんだか、とてもいい感じだ。

今日の杉崎は、なぜかいつもよりいい男に見えた。

見世に戻ってお客の相手をしていると、町人髷を結った中年の男が一人入ってきた。どこかの見世の亭主だろうか。

「季節の生菓子には何があるんだい？」

小萩にたずねた。

「深山つつじと藤、都鳥、ほかにきんとんがございます」

「きれいだねぇ。だけど、手土産にするんだよ。それだったら、もう少し日持ちのするもののほうが、いいかねぇ」

「それでしたら羊羹か、最中はいかがですか。こちらの棚になります」

入ってすぐ、右手の棚には竹皮に包み、桐箱に入れた本煉り羊羹が並んでいる。小豆、白小豆、黒糖の三種類だ。

「ああ、これかぁ。なるほど立派だねぇ」

男はしばらく眺めていたが、ふと気づいたようにたずねた。

「ところで、この花入れは面白い形をしているね。木彫りなんだね」

「ああ、こちらは、大工さんが使う墨壺です。大きさがちょうどいいので、一輪挿しに使っています」

「墨壺か。なるほどねぇ。こういう使い方もあるんだねぇ」

男は感心したように言い、三棹《さお》入りの羊羹を買った。

小萩がお使い物用に包んでいると、男が思いついたように言った。

「その墨壺を見せてもらってもいいかね」

「はい、どうぞ」

小萩は手渡した。男は手にのせてしばらく眺めていたが、また、何気ない様子で言った。

「なんだか、とっても、この墨壺が気になるんだよ。私に譲ってもらうことはできないだろうか」

「この墨壺をですか？」

「うん。いくらなら譲ってくれるかね」

「少々お待ちくださいませ」

小萩は急いで仕事場の伊佐を呼んだ。

「お客さんは、この墨壺が欲しいとおっしゃるんですかい。大工さんには見えねぇけど」

伊佐はいぶかしげにたずねた。

「いや、私は辰年《たつどし》の生まれでね、龍の置き物を集めているんだよ。墨壺の龍とは、めずらしいからね。もし、よかったら譲ってもらえないかと思って。もちろん、お代は相談させていただきますよ」

男はやわらかな笑みを浮かべた。

「ああ、そういうことですか……」

「失礼だが、この墨壺はあんたの持ち物かね」

「まあ、そういうことになるのかな。俺の長屋の隣に住んでいた大工の持ち物で、その人が亡くなって、それで俺が引き受けたってわけで……」

「なるほどねぇ。まぁ、ものは相談だが、一両五分ではいかがだろうか」

いきなり金額を告げた。

しかも一両五分。大金である。

「え、あ、いや……。しかし、もともと俺の物じゃないわけだし……」

伊佐は驚いた顔になった。

「元の持ち主は亡くなっているんだろう。その方のご供養《くよう》もしてあげられるよ」

男は畳みかけた。

「ちょっと考えさせてください」

「まぁ、いきなりの話だからね。では、どうだろう。手付として一両をおいていくよ。それで、今晩一晩考えてくれ。明日、また来るから。いや、勝手なことを言ってすまないね。この龍の顔がいいんだ。だから、どうしても、欲しくなってしまったんだよ」

男は懐から一両を取り出すと、畳の上におき、ていねいに頭を下げると出て行った。男が帰ると、仕事場からすぐに留助と幹太が出て来た。

「この墨壺が一両五分だってぇ。驚いたなぁ」

「伊佐、考えてないで売っちまえばよかったのに。ああいう人は気まぐれなんだから、やっぱりいらないって言われるかもしれないぞ」

口々に言った。

「いや、だって、あの墨壺は、もともと俺の物じゃないしさ。じいさんの身内に会ったら、返そうと思っていたんだよ」

「だって、もう二年も前の話だろ。伊佐らしいよなぁ」

留助が呆れたような顔をした。

そんな話を経て、それぞれ持ち場に戻ったのだが、しばらくすると、また別の男たちがやって来た。

今度は、男の二人連れだ。一人は五十に手が届く様子、もう一人は二十ぐらいだった。藍の腹がけ、股引、背に屋号を入れたはっぴを着ているから、大工か左官といった出職の人らしい。

きょろきょろと見世の中を眺めていたが、棚の墨壺に目を留めた。二人でじっと眺めている。

「お客様、その墨壺がどうかしましたでしょうか」

小萩は声をかけた。

年嵩《としかさ》の男が振り向いてたずねた。

「姉《ねえ》さん、この墨壺はどこで手に入れましたかね」

また墨壺か。

小萩は先ほど、伊佐がしたのと同じ説明をした。

「するってぇと、この墨壺は、もともとは亡くなった大工の持ち物だったわけだね」

「はい」

「その人が亡くなったのは、いつごろだい。なんて、名だ？」

ひどく真剣な顔でたずねた。小萩は仕事場の伊佐を呼んだ。

「亡くなったのは二年前ですかね。ひとり暮らしで、名前は政五郎《まさごろう》って言ってやした。この墨壺はのこぎりやかんなといっしょに道具箱の中に入っていたんですよ」

伊佐は答えた。

「なに、政五郎？」

年嵩の男が大きな声をあげた。

「親方。この墨壺で政五郎。符合するじゃないですか」

若い方の男が言う。親方は大きくうなずいた。

「いきなりで申し訳ないが、その政五郎という人の話をもう少し聞かせてもらえないだろうか。私は深川で大工をしている者で、父の名も政五郎なんだ。仕事の帰りに人に会うと言って出かけて、それきり行方知れずになった。八方手を尽くしたが分からねぇ。知り合いが、親父の持っていた墨壺とよく似たものを見たと言って報せてくれたんだ」

「いや、知っているのはたいしたことじゃねぇです。亡くなったのは二年前だけど、長屋には十年よりもっと長く暮らしていたって聞いた。体が悪くて、たまに手間仕事で出かけて行くけど、そのほかは家で寝ていた。たずねてくる人もなかったし。大工だって知ったのは、死んだあとなんでさ」

伊佐は困った顔で答えた。

「そうか。死んじまったのか？」

何度かうなずき、顔をあげると親方は言った。

「こんな風に親父の遺品とめぐり合うのも何かの縁だ。この墨壺を譲ってはもらえないだろうか。いや、もちろん相応の礼はさせてもらう」

「いや、礼なんかいらねぇ。いつか政五郎さんの身寄りに返そうと思っていたんだ」

伊佐は答えた。

墨壺を譲ってほしいと言う人がもう一人現れた。小萩は驚いて男たちの顔を眺めた。

「だけど困っちまったなぁ。じつは、少し前にも、この墨壺を譲ってほしいって人が来たんですよ。ずい分熱心だったから……」

伊佐の言葉に親方の顔色が変わった。

「いや、それで、譲るって約束をしたのか」

「いや、こっちも突然のことですぐに返事はできねえって答えたら、明日また来るって。金をおいていった」

「金を？　いくらおいていった？」

畳みかけた。風向きが怪しくなってきたのに、伊佐は気づかない。

「それで、向こうはいくら出すと言っているんだ」

声が尖《とが》った。

その時、仕事場から徹次が姿を現した。

「お客さん、うちは菓子屋だ。墨壺のことなら、明日、また来てもらう訳にはいかねぇかな。いきなりの話で、こっちも困っちまうんだよ」

「よし、分かった。明日の朝、また来る。売ってもよいと言うなら、ぜひ、私の方にお願いしたい。父の形見なんだ」

男はそう言って懐から一両を出して畳におくと、出て行った。小萩はあっけに取られてその後ろ姿を見送った。

どうやら、この墨壺は只物《ただもの》ではないらしい。

「おい、小萩。室町に高麗屋《こうらいや》っていう骨董屋があるだろう。そこのおかみは、昔からうちによく来てくれているんだ。そこに行って墨壺ってのは、高値で取引されるもんなのか、聞いてこい。伊佐、長屋に戻って差配さんに事情を話して、政五郎って人がどういう人か確かめろ」

徹次が叫んだ。


室町の高麗屋は奥まっていて入り口は分かりにくい。しかし、玄関脇には大きな備前《びぜん》の壺があり、季節の枝花が生けられている。敷石は濡れると緑になる伊豆石《いずいし》で、建物は総《そう》檜《ひのき》、見る人が見れば贅沢な造りだということが分かる。

小萩は手土産の本煉り羊羹を差し出し、親方から言いつかったが教えてほしいことがあると伝えた。出て来た主《あるじ》は、鬢《びん》のあたりに白いものが混じっており、海老茶《えびちゃ》の上田紬《うえだつむぎ》に近頃流行《はや》りのぞろりと長い羽織を着ていた。

「どんなことでしょうかねぇ」

「じつは、大工さんが使う墨壺なんですが」

たまたま譲り受けた墨壺を見世においたら、すぐに譲ってほしいと言うお客が現れた。それも二人。一人は一両五分を払うと言い手付に一両をおいていった。それを聞いたもう一人も、一両をおいた。

そこまで小萩が言うと、主はにやりと笑った。

「そういうものでしたら、私どもも一口乗せていただきたいものですなぁ」

奥の座敷に案内された。

「墨壺というのは、大工道具の中でも特別なものなのですよ。実用であって、実用でない。古い歴史がありましてね、唐、あるいは高麗から伝わったものだそうで、奈良の正倉院《しょうそういん》の宝物《ほうもつ》にも所蔵されています。寛永《かんえい》十一年（一六三四）の日光東照宮《にっこうとうしょうぐう》本殿の手斧《ちょうな》始式《はじめしき》では、金鍍金《きんめつき》をほどこした立派な墨壺が使われたそうですよ」

「あ、でも、見世にあるのは古い物ではありますけれど、金はついていないです。龍の彫りが入っています」

「材質はなんですかな。檜、桑《くわ》、それとも欅《けやき》、つげ？」

「いえ……、分かりません」

『桑を以て上となし、欅これに次ぐ』なんて言いますからね。おそらく、桑なのかもしれませんねぇ。墨壺は大工の人達が仕事の合間に自分で彫ったものがほとんどですがね、中には、特別に彫り師に注文してつくらせたものもある。また、そういうものを集めている人もいる」

「はぁ」

　あの龍を彫った墨壺は、そういう一つだったのだろうか。

「骨董というものはね、世の中にたった一つしかないんですよ。一期一会。今を逃したら、もうめぐり合えない。だからね、金には代えられない。まぁ、どこかにいらっしゃるんでしょうなぁ。そういう、墨壺のお好きなお金持ちが。はは。こんなところでよろしいでしょうか。羊羹、ありがとうございます。あとで、ゆっくり味わわせていただきます」

　主は低く笑った。

　小萩は高麗屋を辞した。

　牡丹堂に戻って高麗屋で聞いたことを伝えていると、伊佐が長屋の差配の壱兵衛を連れて戻って来ていた。六十をいくつか過ぎたやせた老人である。

　座敷にあがってもらい、徹次と伊佐とで話をした。

「いや、驚きましたなぁ。あの墨壺がそんな貴重なものなんですか。あの政五郎さんのねぇ。はぁ、はぁ。あ、しかし、政五郎っていうのは本当の名前じゃないですよ。訳あって、身内とも縁を切った、ここにいることを知られたくねぇってんで、新しい呼び名をつけた。政五郎ってのは、ほら、落語にあるでしょ。『大工調べ』。あの棟梁の名前ですよ」

茶を用意していた小萩は思わず顔をあげた。

では、あの大工の棟梁の父親ではないのか。

「なるほどねぇ。怪しいと思ったんだ。行方知れずの父親の手がかりがつかめたなら、いつごろ、何で死んだ、墓はどこだって聞くのが筋だ。ところが、あの棟梁はいきなり墨壺を譲ってくれだ」

徹次が答えた。

「そうすると、その棟梁はいくらで買うつもりなんでしょうなぁ。伊佐さん、あんた、どうするね」

壱兵衛がたずねた。

「いや、そう言われても……。この墨壺はもともと俺のもんじゃねぇし」

「なにを言っているんだよ。あんたが、最後まで親身になって面倒を見ていたのは長屋のみんなが知っているよ。政五郎さんも、あんたには感謝していたじゃねぇか。この墨壺だって、みんながのこぎりだの、かんなだの選んで、引き取り手がなくて最後まで残っていたんだ。それをあんたが受け取ったんだろ。政五郎さんがあんたに残してくれていたんだ。嫁さんだってもらったんだ。その祝いだと思って受け取りな」

「そうだな。あの墨壺だって欲しいって人のところに渡って大事にされるのが幸せだ。いいじゃねぇか、買ってもらえ」

徹次が言う。

「そうしなさいよ、伊佐さん。金のやり取りの方はさ、見世の親方に任せれば、あんたはなんにも面倒がない」

壱兵衛が後を押す。

二人に言われて、伊佐も納得した。


そんなことがあって、その晩、長屋に戻った。

夜も更《ふ》けて、そろそろ休もうかと思っていると、表の戸を叩く者がある。開けると、畳職人の八助と魚のぼ手振りの辰吉であった。二人とも少し酒に酔っているようだった。

「伊佐さん、独り占めっていうのは、なしだぜ」

八助が言った。

「なんのことだよ」

「とぼけねぇでくださいよ。今日、壱兵衛さんと話をしてたじゃねぇか。死んだ政五郎さんの墨壺が高値で売れたんだろ」

辰吉が口をとがらす。その後ろで、安造が困った顔で耳をかいている。どうやら話の内容が筒抜けになっているらしい。

「まだ、売るって決めたわけじゃねぇよ」

「なんで、売らねぇんだよ」

「そうだよ。売って、みんなで山分けしようぜ」

二人は伊佐にからんでくる。小萩が間に入った。

「すみません。今日、そういう人が来たっていうだけで、まだ、話は進んでいないんですよ。もう、遅いですから、その話は明日ってことで」

二人をなだめて帰ってもらった。

しかし、夜更けの静かな時間のやり取りは長屋中に聞こえていたらしい。

翌朝、部屋を出ようと支度をしていると、戸を叩く者がいた。開けるとお万、おつぎ、お染の三人の女房たちである。

「ちょいと小耳にはさんだんだけど、昨夜の話は本当なのかい」

「昨夜のって言いますと」

小萩はたずねた。

「いやだねぇ。決まっているじゃないか。政五郎さんの墨壺の話だよ。売って五両になるんだろ」

「あ、いえ……、えっと」

いつの間にか五両になっている。

「こんなことを言うのは申し訳ないけどさ、こっちは小さな子供もいるし、あれこれ出るものばっかりでさ」

「そうそう。今年は雨が多かっただろ。ろくに仕事がなかったんだよ。長屋は親子親戚、助け合うもんだって言うじゃないか」

口々に言い募《つの》る。

「わかったけどさ。これから仕事なんだ。見世に行かなくちゃならねぇ。ちょいと、そこをどいてくれねぇか」

いらだったように伊佐が言った。その途端、お万とおつぎとお染の目が三角になった。

「なんだよ。今まで親切にしてやったのに、そのお返しがこれか。あたしたちには、くれるつもりはないのか」

「いや、そうじゃなくてさ」

「どうせ、あんたの入れ知恵だろう。これは、自分たちの金だから、よそにやることはないとか、伊佐に言ったのか」

いきなり火の粉が小萩に飛んだ。

「おう、そうだよ。朝、話すって約束だったよなぁ」

八助と辰吉がやって来て話に加わる。安造は二人の後ろで困った顔で立っている。

「おい。なんだよ、朝っぱらから、うるせえなぁ」

呉服屋の手代《てだい》の久蔵《きゅうぞう》と、米屋の手代の年蔵《としぞう》、野菜の棒手振りの金太《きんた》も起きてきた。

気がつくと、部屋の前にはかなりの人だかりができている。

——だからさ、政五郎さんが残して行った墨壺があっただろ。あれを欲しいって人がいてね……。

こそこそしゃべる声が聞こえる。

——へえ。あれが……。それで、なに？　五両？

——欲しいって奴が二組あって競っているんだろ。まだまだ、釣りあげられるよ。十両はいけるな。うまくすりゃあ、十五両は固い。

値はどんどん釣りあがる。

「ちょっと、みなさん。朝から、そう騒がないで」

壱兵衛がやって来たが、聞く耳をもたない。わあわあとみんなが勝手なことを言い出して、収拾がつかなくなってきた。

突然、大きな声が響いた。

「ちょっと、あんたたち。いい加減にしな。人の財布をのぞくみたいなこと、みっともないよ」

お寅だ。

寝起きのまま来たのだろうか。色のあせた、古い綿入れをひっかけている。ぐりぐりと動く大きな目で、ぎろりとみんなをにらみつけた。

「おい、八助。政五郎さんの形見分けのとき、あんたはまっさきにのこぎりを取っただろ」

言われた八助はびくりと体を動かした。

「お万、あんたは、一度だって寝ている政五郎さんを見舞ったことがあったのかい」

「だって……、うちには手のかかる子供が……」

お万はもごもごと口の中で何か言う。

「お梅だって、伊佐が夜、仕事から帰った後、政五郎さんの汚れた着物だの下帯だの洗っているのを見てただろ。あんた、一度でも、それを手伝ったことがあったかい？　政五郎さんにあったかい汁を持って行ったこと、あったかよ」

お梅は顔を赤くしてうつむいた。

「みんな、知っていただろ。政五郎さんが病気だったこと。だけど、手を貸さなかった。貸してやれなかった。伊佐だけだったんだよ。やさしい言葉をかけてやっていたのはさ」

大きな、けれど温かい声だった。

「伊佐はきっと今、思っているよ。あの墨壺がそんなに高価なものなら、それを売って、政五郎さんを医者に診せたかった。滋養《じよう》のあるものを食べさせたかった。身内がいるなら、その人に渡したいって。そういう伊佐だから、あの墨壺を受け取ることができたんだよ。分かったか」

お寅の剣幕にみんなは震え上がった。言い返す者はない。部屋の前に集まっていた長屋の人たちは一人去り、二人去り、気がつくと、残ったのは壱兵衛とお寅だけだった。

お寅は強い目で小萩を見た。

叱られたような気がして小萩は身を固くした。お寅はにっこりと笑った。

「悪かったね。驚いただろ。みんな貧乏なその日暮らし。いつもかつかつの暮らしをしているんだ。だからさ、だれかが得をするのを見過ごせない。自分もおこぼれにあずかりたいって思っちまうんだよ。そういうもんなんだ。許してやっておくれ」

「はい」

小萩は小さな声で答えた。

「仕事があるんだろ。遅れちゃいけないよ。早く行きな。墨壺のことはさ、二人で相談して、自分たちのために使いな。あいつらには、文句を言わせないから」

「すみません。ありがとうございやした」

お寅に言われ、小萩と伊佐はぺこりと頭を下げると、急いで牡丹堂に向かった。

「怖い人じゃなかった」

歩きながら小萩は言った。

「だれが怖いって」

伊佐がたずねた。

「お寅さん」

「怖くなんかないさ。まっすぐで、やさしい人だよ。少し、言葉はきついけど。職人のおかみさんだからさ」

穏やかな声で伊佐が言った。

牡丹堂に着くと、入り口に墨壺を求める二組の男たちが来ていた。辰年だから龍のものを集めていると言ったお店《たな》の主風の男は同じくらいの年の男といっしょだ。父の形見だと言った大工の棟梁は若い者を連れている。お互い、牽制し合うように少し離れて立っている。

伊佐と小萩が入って行くと、たちまち笑みを浮かべた。

「おはようございます。お約束通り、やって来ましたよ。いいお返事を聞かせていただきたいものですなぁ」

お店の主風が言う。

「来たのは、こっちのほうが先ですからね。もちろん、金はこの通り、ご用意してありますから。即金でお支払いいたします」

大工の棟梁らしい男が声をかける。

「それなら、こっちだって用意はあるんだ」

お店の主風が声をあげる。

伊佐と小萩はあいまいに返事をして裏から入った。

仕事場に行くと、徹次と幹太、留助にお福、須美に清吉。弥兵衛まで集まっていた。

「しかし、あの墨壺、そんな値打ち物なのか」

弥兵衛が首を傾《かし》げた。

「まったく、早いとこ、話をつけねぇと、仕事になんねぇな」

徹次がうんざりした顔になった。

お福がこそこそっと小萩の傍に寄って来ると、耳打ちした。

「上手に売ってもらってさ、あんた、その金であそこから引っ越しなよ。ね、そうしたいって言いな」

あの長屋では、かわいそうだと心底思ってくれているらしい。

伊佐はふと顔をあげると言った。

「それぞれ値をつけてもらって、高い方に売るっていうのは、どうだろうか」

「そうだな。いい考えだ」

徹次がうなずく。

「紙に書いて箱に入れてもらうってのは、どうだ？」

幹太が提案する。

「よし、そうしよう。それでいいな。伊佐」

徹次が言って、話が決まった。伊佐と徹次が箱を持って表に出ると、男たちが吸い寄せられるように集まって来た。

「紙を渡すから、そこに金額を書いて入れてくれ。高い方に売ることにする。それから、これは、昨日預かった金だ」

徹次が言って、手付と言っておいていった金を返した。

二組の男たちは、それぞれこそこそと相談をしている。相手の出方を探るようにお互いのことをちらちらと見る。

「そろそろいいかね」

徹次が声をかけると、二組の男たちは金額を書き、箱に入れた。

「じゃあ、この場で開けさせてもらう」

徹次が紙を取り出した。

「二十両。二十一両」

お店の主風の男がにやりと笑い、大工らしい二人はしまったという顔になった。

墨壺はお店の主風の男の手に渡った。

それで、やっといつものように豆大福づくりに取り掛かることができた。

「あんなに金額が近かったってことは、ほんとの買い手が決まってたってことだろうなあ」

留助が丸めた大福を番重に並べながら言った。

「そうよ。きっと、墨壺が大好きなお金持ちがどこかにいるのよ」

大福に粉をまぶしながら小萩が続ける。

「それで、その金、どうするんだよ」と幹太。

「死んだ政五郎さんに線香の一本もあげてやらんとな」と弥兵衛。

「ああ。だから、政五郎さんの墓をつくってやりたいと思うんだ。死んだときは、仕方なく無縁仏の墓に入れちまったけど」

大福を包みながら、伊佐が真面目な顔で答えた。

一瞬、間があった。

考えてみればいかにも伊佐らしい答えなのだが。

「ああ、そうだね、それがいいよ。だけど、少し残して自分たちのために使うってのも、悪くないよ」

お福が誘うように言う。そして、小萩の方をちらりと見る。引っ越しをしたいと言えという合図だ。

小萩が言うより早く、伊佐が答えた。

「もしわずかでも残ったら、長屋の井戸をさらってもらおうと思うんだ」

また、一瞬の間。

「だって、そりゃあ、家主の仕事だろう。もっと、自分のために使っていいんだぞ」

仕事場の端の床几に腰をおろして、みんなが働く様子を眺めていた弥兵衛が大きな声をあげた。

「前々から差配さんに頼んでるんだけど、家主も金がないと言い張って、ずっとそのままになっている。長屋のみんなにも世話になっているし、瓢簞《ひょうたん》から駒っていうか、思いがけず転がってきた金だからそういう使い方がいいんじゃねぇかと思ってさ」

「えっ、じゃあ、自分たちのためには使わねぇのかい。それでいいのかよ」

留助が叫んだ。

「だけど、そうね。やっぱり、そこが伊佐さんらしいわ」

須美が心を動かされたという顔をした。

「まぁ、そうだな。それがいいかもしれねぇな」

徹次も言う。

――あんたは、本当にそれでいいのかい？

お福が小萩に目顔でたずねる。

「私もそれがいいと思う。長屋の人たちも喜ぶだろうし」

小萩は答えた。

口に出したら、それが一番いい方法のように思えてきた。

思いがけず手に入った金だ。そういう使い方をすれば、死んだ政五郎も喜ぶだろう。

「小萩もそう思うんなら、わしらが言うことは、なあんにもない」

弥兵衛が大きな声で言った。

そう心を決めたのなら、動くのは早い方がいいと徹次が言い、伊佐は壱兵衛に金を届けに行った。壱兵衛はもちろんとても喜んだ。さっそく墓をつくる相談をし、井戸のことは家主に相談し、いくらかでも金を出してもらえるよう頼むと約束してくれた。

三

その日は素人落語会の日でもあった。夕方、幹太ができあがった菓子を届けに行くことになっていた。

「ついでに落語を聞いていってくれないかって頼まれているんだけど、伊佐と小萩も一緒に行かねぇか。適当なところで帰っていいからって」

それで、注文の菓子を持って三人で出かけた。

裏通りの細い路地の下駄屋の見世先には、男物の大きな下駄や女物の細身の下駄、小さな子供のものなどたくさん並んでいて、買えば、その場で足に合わせて鼻緒をつけてくれる。ちょうど、下駄の歯がすり減ったから直してほしいというお客が来ていて、おかみさんは奥の仕事場にいる職人に伝えているところだった。

「こんばんは。二十一屋です。菓子をお届けにあがりました。噺も聞かせてもらおうと三人で来ました」

幹太が声をかけると、おかみさんは申し訳なさそうな顔になった。

「悪いねぇ。もう少しで始まるところだよ。つまんなかったら、途中で帰ってもいいんだからね」

「そんなことないよ。ずいぶん熱心に稽古したんだろ」

幹太はやさしいことを言って、風呂敷包みをほどいた。木箱の蓋を開けると中は前回と同じく四畳半の畳の敷き方を真似て、周囲を四つの長方形、中央に正方形をおいた形に仕切ってある。中央は金時豆の甘煮、まわりは黒糖羊羹、べっ甲飴《あめ》、そうめんを揚げた塩味のあられ、干し梅とねじり昆布をおいた。

小萩の菓子は都鳥の形の干菓子など、こまごまとした工夫を加えていた。それから見ると、幹太の菓子は色を抑えて男っぽく、それでいて甘い、しょっぱい、酸っぱいといろいろ味わいがあって面白みのある菓子になっていた。手間をかけず、値段も抑えてある。

「ああ、いいねぇ。去年のもよかったけれど、今度のもいいねぇ。これは喜ばれるよ」

おかみさんは目を細めた。

小萩も同じ思いだ。

それは幹太の生まれ持ったものなのか、それとも暇さえあればあちこちの菓子屋をめぐっている日頃の修練のたまものか。

落語会は三軒先の煙草屋《たばこや》の二階だった。細い階段をあがると意外に広い部屋があって、奥が一段高くなってそこが高座ということだ。手前に座布団を敷いてお客が座っている。

小萩たちは、後ろの方に座った。

高座には杉亭二歯《すぎていふたば》こと下駄屋の亭主が座っていた。お客を前にして上がっているのかもしれない。額に汗を浮かべ、真剣な表情でしゃべっている。離れて見ている小萩にも、肩に力が入っているのが分かる。

「おう、大丈夫かぁ」

幹太がひとり言のようにつぶやく。

噺は佳境に入ったところだ。

八百文足りないと大工道具を返してもらえなかったと聞いた大工の棟梁、政五郎が、与太郎を連れて大家のところに乗り込んだ。

最初は穏やかに話を進めているが、らちが明かない。ついに政五郎の堪忍袋《かんにんぶくろ》の緒がきれて……。

さあ、ここからがこの話の見せ場だ。

威勢のいい啖呵がはじまる。

二歯の頬が赤く染まる。大きく息を吸い込んだ。

「なにを言いやがんだ、べらぼうめ。大きな声はこちとら地声だ。え、てめえの方が渡さねえからこっちはいらねえって言うんでい。今度は渡すたって素直には受け取らねえから そのつもりでいやがれ、この丸太ん坊」

「よし、そうだ。いいぞ」

客席から声がとぶ。

「そうだ、その調子だ、頑張れ」

また、別の声がとぶ。

その声は二歯に届いているらしい。

勢いづいて、さらに大きな声を張り上げた。

「いえ、向こうへは行かれません。どうしてだい。向こうの方から風が吹いてきます、あたくしはお腹がすいていますんで風にむかっちゃあ歩けませんっていうんで、風のまにまにふわふわふわふわふわ飛び歩いていやがって、こんちくしょう、この風吹き烏め」

張り切り過ぎたのか、少し声が嗄《か》れてきた。台詞《せりふ》はまだ続くらしい。

「おお、あと一息だ。そうだ、それでいい」

客席から声があがった。

二歯は少々疲れてきたらしい。

声がかすれ、肩で息をしている。

しかし、なんとか、このまま最後までつかえたりしないで、無事に言い終えてほしい。

小萩は心の中で声援を送った。

幹太はこれからどうなるのかという顔で、高座の二歯とお客の顔をきょろきょろと見回している。伊佐は遠くを見るような不思議な表情で二歯を見ていた。

「そのばばあがな、六兵衛《ろくべえ》がポックリ逝っちゃった後、一人で寂しいばかりじゃあねえや、人手のねェところをつけこみやがって……」

突然、二歯の言葉が止まった。

「……あ、いや……」

金魚のように口をぱくぱくと開き、目を白黒させている。どうやら、先を忘れてしまったらしい。

客席はしんと水を打ったように静まり返った。

固唾《かたず》をのむというのはこのことだ。客たちは二歯を見守る。

「……えっと、その……、ばばあがな、つけこみやがって……」

声が小さくなる。二歯の目が赤い。涙ぐんでいる。

その時だ。

「ばかやろう。『ばあさん、芋洗《いも》いましょう、薪《まき》割りましょうってんで親切ごかしにこの家にずるずるべったり入りこみやがったんだ』そっからだろ」

師匠の大声がとんだ。

それで二歯は我に返った。

「場違いな芋を買ってきやがって焚《た》き付け惜しむから生焼けのガリガリの芋じゃないか。その芋食って腹をくだして死んだやつが何人いるか分かんねえんだ、この人殺し！」

最後まで言い終わってある人は喜んで手や膝をたたき、またある人はほっとした顔になった。

高座の二歯は精も根も尽き果てたように、しばらくぽかんと宙を見つめて座っていた。

が、気を取り直したように、「お馴染みの『大工調べ』の一節でございます」とだけ言うと、ぺこりと挨拶をして立ち上がった。膝に力が入らないのか、操り人形のように体をこきこきと動かして、袖に入って行った。

その後仲間が二人ほどしゃべり、トリを師匠がとると聞いたが、小萩たちは帰ることにした。

「あれはあれで面白かったなぁ」

帰り道、幹太が言った。

「途中で詰まったとき、どうなることかと思ったわ」

小萩もくすくすと思い出し笑いをした。

日が暮れて、空には星が瞬《またた》き始めていた。

大通りはまだにぎやかで、家路を急ぐ人や、これから遊びに行く人たちなどが行き交っていた。

気持ちのいい宵《よい》だった。

ずっと黙っていた伊佐が言った。

「落語を聞いていたら、隣の人のことを思い出した。政五郎さん。大工の……」

「うん。墨壺の人……」

「政五郎って名前にしたのは、あの落語が好きだったからかもしれねぇなと思った。髪が真っ白だからみんなじいさんって呼んでいたけど、……ほんとはそんな年じゃなかったんだよ。五十になったか、ならないかだった。やせて小さくなっていたけど、裸になると骨が太くて、肩も腰も厚みがあった。……病気になる前は、きっと、がっちりとした大きな男だったんだ。あんなにいい道具を残したんだ。……きっと、腕のいい大工だったんだよ。若い者の面倒もよく見たのかもしれない。威勢がよくて、……気持ちのいい啖呵をきったのかもしれない」

伊佐は言葉を選びながら、とつとつと話した。

「仲良くしていたんだろ」

幹太がたずねた。

「仲良くってほどじゃなかったよ。……だけど、まあ、そうだな。ときどき、部屋に呼ばれてしゃべった。無口な人だった」

口数が少ないのは伊佐も同じだ。そんな二人は一体、何を話したのだろう。

「そんなことがあったから、病気がだんだんひどくなって、起きられなくなってからも、手を貸していたんだ」

「政五郎さんは喜んでくれたでしょ」

小萩が言った。

「俺だけじゃねぇよ。長屋のみんなもさ、本当はあれこれ気にしていたんだ。政五郎さんはどうしているか、元気かって、みんなにしょっちゅう聞かれたよ」

「みんなやさしいんだね」

幹太が言った。

「あの人たちはさ、思ったことをすぐ口に出しちゃうんだよ。だからさ、俺も時々、なんでそんなことを言われなくちゃならないんだって思う。くだらねぇことで喧嘩したり、仲直りしたり、まぁ、大変なんだ。だけど、悪い人たちじゃないんだよ。俺が生まれたのもああいう長屋だったから、あそこにいると安心するんだ。牡丹堂も好きだけど、同じように、あの長屋のことも大事に思っているんだ」

最初苦手だと思ったお寅は思いがけず、頼りになる人だった。

「私もあの長屋のこと、早く好きだと言えるようになりたい」

小萩は言った。

「あれ、早く引っ越したいって言ってたんじゃねぇのか」

幹太が憎らしいことを言う。

「違う、違う。だから、そうじゃなくて」

小萩はあわてた。引っ越したいと思ったのも本当だが、伊佐があの長屋が好きで、住み続けたいと言っているのだ。仕方ないではないか。

「いいさ、ゆっくりで」

伊佐が言った。そうだ、ゆっくりでいいのだ。これから積み上げていけばいい。なんだか、うれしくて幸せで小萩は一人で笑っていた。

雲海の城と御留菓子

一

梅雨に入って、しとしとと雨が降り続いている。

その日、小萩が弥兵衛とお福の隠居所に行くと、お福はなにやら熱心に文を読んでいた。

「いや、お文さんの見合いの相手のことだけどね」

「今度はどちらの方なんですか」

小萩はたずねた。

「うん、本所《ほんじょ》の米屋さんだ」

頼まれた荷物をおいてすぐ帰るつもりだったが、お福はしゃべりたそうな顔をしていた。

「おかみさん、お茶でもいれますか」

「ありがたいねぇ。ちょうど今、一息入れようと思っていたところなんだよ」

小萩が茶をいれると、おいしそうに飲んで話し始めた。

「冨江さんの紹介なんだけどね、一人息子で上に姉が二人、下に妹がひとり。三人とも嫁いでいる。本人は真面目で仕事熱心。酒もほどほど、賭け事にも興味はない。年は四十」

少々年がいっている。

「え、ちょっとお年が……。お文さんは後添《のちぞ》いさんになるんですか」

「何を言っているんだよ。この人はずっと独り者だったんだ。それくらいの年の差のある夫婦なんか、世間にたくさんあるじゃないか」

現にお福と弥兵衛も六歳年が離れている。しかもお福の方が年上だ。

「いやいや、そういうことじゃなくて。お家も立派、ご本人もまじめで仕事熱心。それで、どうして今までご縁がなかったのかと思って」

「まぁ、そこはもう一度、確かめてみないとね」

案外素直にお福は納得する。

以前にも、やはり、少々年のいった裕福な商家の一人息子という話が来た。

いたって真面目、学問にも秀でているという。

よく聞いてみると、趣味がからくり人形だという。人形の中に仕掛けがあって、太鼓を叩いたり、茶を運んだりする。その仕掛けを考えて自分で作るのだそうだ。江戸はもちろん、京大坂、長崎などあちこちにお仲間がいて出かけていく。ひと月、二月戻ってこない。もちろん、その間、商いはそっちのけだから親も困っているそうだ。

——だから、仲人口というのは信用できないんだよ。

お福はがっかりしていた。

そのほか、何年も寝たきりの年寄りがいて、その世話をしてほしい、近所でも有名な吝嗇《ち》など、よくよく調べてみると、「いや、これは……ちょっと……」と思えることが多かった。

「お文さんの気持ちに任せてみたらどうですか」

小萩は湯飲みを勧めながら、それとなく言ってみた。

本人に嫁ぐ気がなければ、そもそも話は進まない。

「だめだよ、そんなのんきなことを言っていたら。千草屋は今でこそ小さな見世だけど、親父さんのころは大きな立派な見世だったんだよ。お文さんに腕のいい婿をとって、もう一度、かつてのような見世にするというのが、作兵衛さんの夢だった。その夢をきっぱりあきらめて、娘の幸せを考えようってことなんだよ。相当な覚悟だよ。やっぱり、親なんだねぇ。あたしは泣けてきた。だからさ、なんとか力を貸してやりたいと思うんだよ」

お福は強い調子になる。しかし、この前の話では作兵衛の気持ちは揺れていたような気がする。お福は少々先走っていないだろうか。

「だいたいね、のんきな顔をしているけど、責任の半分はあんたにあるんだよ。あんたが伊佐と一緒になっちまうから」

突然、矛先《ほこさき》が小萩に向かった。

「作兵衛さんは伊佐を婿にしたいと思っていたんだ。そうすれば伊佐だって、ゆくゆくは千草屋の看板をもらえるし、言うことはなかった」

「ええっ。じゃあ、おかみさんは、本当は私たちが一緒になるのは反対だったんですかぁ」

思わず小萩は声をあげた。背中を押してくれたと思っていたのに。

「そうは言っていないさ。伊佐が牡丹堂にいてくれるのはうれしいし、二人は似合いだと思うよ。あたしは作兵衛さんの気持ちを言っているんだ」

そう言われると、小萩は返す言葉がない。

「お文さんに会ったら、あたしが言っていたと伝えておくれ。見世のことも大事だし、嫁に行ったらお父さんが一人残されるから心配だなんて思うかもしれないけど、今は自分の幸せってもんを考えるときだよって」

お福は自分の言葉にうなずいて、ごくりと茶を飲んだ。留助夫婦に子供が生まれると聞いて世話を焼き、今度は伊佐と小萩の祝言や新しい暮らしのために動き回った。それがひと段落した今、お福を夢中にさせているのは、お文の嫁入りではないのか。

小萩はちらりとお福の顔をながめる。

お福はまだまだ元気いっぱいで、力が余っている。きっと、弥兵衛とともにこの隠居所に引っ込むのは早すぎたのだ。その元気が向く先が見つかった。

どうやらここしばらく、お福はお文のことで走り回りそうだ。

牡丹堂は西国《さいごく》の大名、山野辺藩のお出入りを許されている。お出入りを許されるとは、つまり菓子を買ってもらっているということだ。相手は大名家だから、簡単にはいかない。お声がかかると、弥兵衛と小萩が半蔵門《はんぞうもん》にある上屋敷《かみ》にうかがい、台所役から注文を承る。お届けのときは山野辺藩の家紋の入った立派な通い函《ばこ》に入れて運ぶ。

ちなみに、この通い函は二十一屋の自前だ。お支払いは一年に一度、年頭にはうちそろってご挨拶にうかがう。もちろん、盆暮れにも品物を届ける。なかなかに物入りである。聞いたところでは、出入りの者たちが持って来るあれこれは、台所役のものになるらしい。役得である。だから、台所役は同輩から妬《ねた》まれることもあるそうだ。しかし、台所役というのは細々とした手配もしなくてはならず、なかなかに気を遣う役目である。

山野辺藩の台所役首座は井上三郎九郎勝重《いのうえさぶろうくろうかつしげ》で、補佐役に塚本平蔵頼之《つかもとへいぞうよりゆき》がつく。勝重はやせて鶴のように首が長く、一方の頼之はよく肥えて猪首《いくび》だ。二人がいつも渋い顔をしているのは、そのせいかもしれない。

二人がしかめっ面《つら》なので、弥兵衛も真面目くさって挨拶を述べる。そもそもここは店主である徹次が行くべきところだが、職人気質《かたぎ》で口下手なので弥兵衛が出向いている。その後ろで小萩は影のようにおとなしく控えている。それでも、小萩が連れていかれるのは、弥兵衛一人では恰好がつかないからだそうだ。向こうが二人だから、こっちも二人。お飾りだ。

しかし、お飾りだからと何も考えずに座っていると、後で弥兵衛に「ぼんやりしていたらだめだ」と叱られる。自分だったらこう答えるとか、帰ってからの仕事の段取りを考えるようでないと、先の見込みがないという。

その朝、いつものように弥兵衛と小萩は山野辺藩の上屋敷に向かっていた。

雲の切れ間に青空が見えるが、湿って重い風が吹いている。

「なんか、今日は腹がしくしく痛むな」

弥兵衛がつぶやいた。

「なにか悪いものを食べたんですか」

「ううん、そうじゃなくってさ、勘だな。なんだか、また、やっかいなことを頼まれそうな気がする」

ふだんは腰高の紅白饅頭とか、小倉《おぐら》羊羹とか定番のものだが、たまに南蛮渡来の黒くて苦く、香りのいい飲み物に合う菓子とか、卵が苦手な姫様のために卵を使わずに、卵を使ったように見える菓子をつくってほしいなどと言われる。そのたび、みんなで知恵を絞り、苦心して菓子を仕上げた。

「でも、そういう難しいものを考えるのは楽しいですよ。旦那さんも、職人としての力をつけるって言っていたじゃないですか」

「まあ、そうなんだけどさ。いつもいつもうまくいくってわけじゃねぇ。伊勢松坂のこともあるしさ」

伊勢松坂は日本橋の老舗の大店《おおだな》菓子屋で、こちらも山野辺藩のお出入りを許されている。当主の勝代というのが曲者《くせもの》で、吉原の遊女を仕切る妓楼のほか、いくつもの見世を持っている。そうして、なぜか牡丹堂を目の仇《かたき》にして張り合ってくるのだ。

「気を引き締めて行こうな」

いつの間にか灰色の雲が広がって今にも雨が降りそうだ。

勝手口で訪い、座敷で待っていると、台所役首座の井上三郎九郎勝重と補佐役塚本平蔵頼之がやって来た。平伏して弥兵衛が挨拶を述べていると、もう一人、部屋に入って来た。留守居役の杉崎である。

しかし、小萩が見慣れている、道端で饅頭をかじっている杉崎ではない。ぴんと角が立ち、しわひとつない裃《かみしも》に白足袋《しろたび》、髷はまっすぐで髪には一筋の乱れもない。色が黒いのはいつも通りだが。

「ああ、頭をあげて。時がもったいないから堅苦しい挨拶は抜きでよい。本日、来てもらったのは折り入って、そちらに頼みがある。山野辺藩の顔になるような菓子をつくってほしい」

杉崎はてきぱきと話を始めた。台所役の二人は黙っている。

「顔、でございますか」

恐れながらというように、弥兵衛がたずねた。

「うん、そうだな。実物を見てもらったほうが話が早い」

杉崎が手を打つと女中が菓子を弥兵衛の前においた。小萩が弥兵衛の背中越しにのぞきこんでいると、杉崎が女中に小萩の前にもおくように伝えた。

漆《うるし》の銘々皿に紅白の長方形の美しい落雁《らくがん》が盛られていた。中央には細くまっすぐな文字が浮き出ている。唐《から》の国の古い文字だろうか。

「加賀《かが》藩の長生殿《ちょうせいでん》という菓子だ。藩の顔になる菓子と私が言うのは、こういう菓子のことだ。この菓子は三代藩主前田利常《まえだとしつね》公の発案によるもので、命名は茶人としても名高い、茶道遠州流《えんしゅうりゅう》の開祖、小堀《こぼり》遠州様。浮き出ている文字は、篆書《てんしょ》で長生殿と読む。これも遠州様による。材料も贅沢で、最上級の阿波《あわ》の和三盆糖《わさんぼんとう》に地元のもち米を加え、紅花《べにばな》で染めている」

頼之が説明を加えた。

「長生殿というのは、もちろん長寿の意味もあるが、もともとは唐の詩人白居易《はくきょい》『長恨歌《ちょうごんか》』にちなむもの。『七月七日長生殿　夜半無人私語時』とあり、唐の帝《みかど》であった玄宗帝《げんそうてい》とお妃であった楊貴妃《ようきひ》が七夕の夜を過ごした場所である」

勝重がさらに言葉を添える。

つまり、唐のお殿様と奥方が仲良くしていた所だ。

そんな風に私たちも親しく、心を通い合わせましょうというような意味をこめているということか。

「贅沢なものでございますなぁ。お武家では三方《さんぼう》に盛ることもありますから、重ねられるんでしょうなぁ」

弥兵衛が言う。

「もちろんだ」

よい所に気がついたというように、杉崎は微笑《ほほえ》んだ。

縁が一番高く、重ねても文字があたらないよう、中央にむかって舟形に低くなっている。

「祝儀のときには紅白を、不祝儀の場合は白だけを使えばよいようになっておる。干菓子であるから軽くて日持ちがする」

また、頼之が説明をする。

小萩は改めて菓子を眺めた。

裃を着た若くてきれいなお武家様のような菓子だと思った。

文字はまっすぐなところはすっと、曲線はすらりとのびやかに美しい弧をえがいている。美しい。書に心得のない小萩だが、素直にそう思う。

文字を書いた小堀遠州ももちろんすごいが、その文字を正確な木型に彫った木型職人も相当な腕前である。

そして、それを菓子にした職人たちも。砂糖や粉を混ぜて木型に詰め、打ち抜くのである。文字や角が少しでも欠けたら使い物にならない。それを何十、何百、何千とつくるのだ。

大変さが分かっているだけに、小萩はうなる。

「加賀藩は腕の良い職人をお持ちですなぁ」

弥兵衛がつぶやいた。

「そうであろう。加賀藩の人々がいかに文武に秀で、風流を好み、巧みな工芸の技を持っているか、すなわち、豊かな地であるかがわかる。この菓子は、何百もの言葉よりもそうしたことを雄弁に語る」

杉崎が言う。

干菓子だから日持ちがして、羊羹よりも軽い。遠い加賀から山を越えて江戸に運ぶのに都合がいい。白色だけを用いれば不祝儀にも使える。

「さすがですなぁ」

弥兵衛はしきりに感心している。

「ほかにも、赤穂《あこう》では特産の塩を使った塩気のある饅頭など、各藩工夫をしている。昨今はなにかといえば、物をやり取りする。こういう品がひとつあると、何を贈ろうかいちいち頭を悩ませなくて済むから便利だ。それが藩の特産品を表すものなら、なおよい。本日、来てもらったのは、そういうものを二十一屋につくってもらいたいということだ。もちろん、加賀藩のような贅沢なものではない。温かくて、どこか懐かしい、金はあまりかからずに。なにしろ、山野辺藩は質素倹約を旨としている。どうだ、できそうか？」

そう言って杉崎は弥兵衛を見る。

さらりと言っているが、なかなかの難題であると、小萩は思う。

「……それは、大変にありがたいお声がかりでございますな。それで、このお話は、どちらか、その、よその菓子屋様にもお声をかけていらっしゃいますでしょうか」

よその菓子屋様とは、つまり伊勢松坂のことだ。

「いや、それはないので、安心してほしい。だが……」

杉崎は厳しい顔になった。

「御留《おとめ》菓子であるから、他所《よそ》に売ることはもちろん、製法も内密にしてもらいたい。さらに、江戸屋敷で用いるものはそちらに注文を出すが、ゆくゆくは国元でつくらせたい。その折には製法を伝えてほしい」

それは、つまり、教えに行かなくてはならないということか？　なかなか難儀なことである。牡丹堂の職人は徹次、留助、伊佐、幹太の四人しかいないのに？

「まあ、そのことはおいおい考えるとして、山野辺藩の特産品だが、なにぶん、山の中なので格別なものはない。桑、楮《こうぞ》、麻《あさ》、つげ、そんなところだ」

各藩が栽培を勧めているのが桑、楮、茶、漆の四木、藍《あい》、紅花、麻の三草である。米作に向かない山間の地、あるいは水はけが悪く、洪水の多い土地で育つものだ。

桑は蚕《かいこ》の餌《えさ》にする、楮は紙の原料。麻は繊維が強いので漁網、畳糸、馬具、蚊帳地《かやじ》に使う。武士が着る裃の生地も麻だ。つげの木は固く、狂いが来ないので、判子《はんこ》や将棋の駒、三味線のバチなどに広く使われる。

どれも暮らしに欠かせないものだが、よく考えてみると、食べ物が一つも入っていない。

後ろに控えた小萩の頭が自然と下を向く。

「今挙げられた以外で、藩の誉《ほま》れといえば何になりますでしょうか」

弥兵衛がさりげなくたずねた。

「それぞれの分野で秀でた人物はたくさんいるが、江戸で名が聞こえたというようなものは少ない。むしろ、自慢にしたいのは美しい景色だな。城は山の上にあって雲の上に浮かんでいるように見えることがある。春は若葉、秋の紅葉、冬は雪景色が美しい」

「ほうほう、なるほど」

「めずらしい椿を集めた園がある。祭りには大きな山車《だし》が出る。くるみ、栃の実、干し柿は名産である」

「良質の砥石《といし》がとれる」

頼之が言葉を添えた。刃物を研ぐときに欠かせないものだ。

「それは良いことをうかがいました」

弥兵衛が答える。最初はどうなることかと思ったが、聞けば景色のよいところや、めずらしいもの、面白いものがたくさんあるようだ。

二人は山野辺藩の上屋敷を辞した。

霧雨が降っている。

突然、弥兵衛が言った。

「お前、松の廊下を知っているだろう」

「『忠臣蔵』ですか」

「そうだよ。浅野内匠頭《あさのたくみのかみ》は付け届けをしなかったから、吉良上野介《きらこうずけのすけ》に嫌われた。『田舎侍』と呼ばれて意地悪をされた。ことほど左様にお武家様は付け届けが大事なんだ」

「でも、あれはお芝居じゃないですか。つくり物ですよ」

「つくり物っていうのは、真《まこと》を描いているもんなんだ。だから、みんなが面白がる。昔な、喜三郎《きさぶろう》羊羹ってのが大流行りしたことがあったんだ。まだ、蒸し羊羹しかなかった時代に、江戸の喜三郎って職人が寒天を使って煉り羊羹を発明したんだな。歯切れがよくて甘さがしっかりとしている。菓子と言えば、喜三郎羊羹。喜三郎羊羹を知らなきゃ、江戸っ子じゃやねぇみたいに言われた」

「お武家様のやり取りにも、その喜三郎羊羹が使われたんですか」

「もちろんさ。もらっておいて『なんだ、喜三郎羊羹ではないのか。気が利かぬことだ』

なんて文句を言う。そういう時代があった」

「お見世は行列ですね」

「ああ。上の方は『明日の朝、十棹《とさお》用意せよ』なんて言うだけだから気楽なもんだけど、言われたほうは大変だよ。行ったってすぐは買えねぇんだ」

羊羹は手間がかかる。小豆を煮てこして皮を取り除いたものを生あんというが、それに砂糖と寒天を加えて煉り上げる。これに結構な時間がかかる。さらに、どろどろの熱いところを舟と呼ばれる型に流し、冷めて固まるのを待たねばならない。

「菓子屋だって、あれば売ってやりてぇよ。けど、ないものは断るしかねぇんだ。気の利いたお武家様なら先に十棹、二十棹と用意しておくだろうけど、それでも足りなくなる時もあるからな」

人気の羊羹である。見世にありませんでした、買えませんでしたでは、すまないのだ。

「自分が叱られるのも嫌だけど、そのために殿様が『田舎侍』なんて馬鹿にされたら悔しいだろ。情けないだろ。わしなら腹を切りたくなる」

一軒の菓子屋にみんなが集中してしまうから、そういうことが起こるのだ。自分のところで菓子が用意できれば、そうした心配はなくなる。

「そういうことがあるから、杉崎様は山野辺藩ならではの菓子をつくりたいとおっしゃっているんでしょうか」

「まぁ、知恵のある方だからな、深慮遠謀ってやつだ」

弥兵衛は言って足を進めた。

牡丹堂に戻ると、幹太がやって来た。

「今さ、小萩庵をたずねて来たお客がいるんだけど、おはぎが相手をしてくれねぇかなぁ。女の人に菓子を贈りたいって言うんだけど。なんか、話がこみいっているみたいなんだよ。聞いてもらえねぇか」

困った顔で言う。

「うん。わかった。話を聞いてみる」

奥の三畳に行くと、町人髷に上等の上田紬の羽織姿の若い男がいた。はじめて見る顔だった。顔立ちにも品があり、着物や持ち物も良いものだから、どこかの見世の若旦那かもしれない。

「菓子のご相談を承ります、小萩と申します。よろしくお願いいたします」

ていねいに頭を下げた。

「じつは仔細《しさい》ありまして、ここでの話は外にもらさないようにしてもらいたいのですが。

それと、申し訳ないが、私の名前もお伝えできない」

「もちろんです。お客様、この部屋でうかがったことはよそ様には伝えませんからご安心ください。もともと、ここは……おかみがお馴染みさんと内緒の話をする場だったんですよ。愚痴ともいえないような、ちょっとした胸の思いがございますでしょう。ここでお茶を飲んで、お菓子を召し上がっていただきながらおかみを相手にしゃべって、気持ちよく帰っていただくための部屋ですから」

「はは、それはいいですねぇ」

若者はおおらかに笑った。

「女の方へ贈るとうかがいましたが」

「そのとおりです」

「名無しですと、こちらも困りますので、たとえば、某《なにがし》様とお呼びするのはいかがですか」

「そうしてください」

小萩のいれた茶を一口飲んで、某は話し始めた。

「私は一人息子なんです。姉と妹がおりますが、すでに嫁いで子供もいます。残ったのは私一人。父も母も跡取りである私が嫁をとり、孫の顔を見るのを楽しみにしているんですよ」

よく聞く話である。息子が所帯を持って孫ができたら、親としての責務は終わる。いや、それ以上に、楽しみなのだろう。

「でも、私は親が決めた人と一緒になるのは嫌だと伝えてあります。だって、長い一生を共にする人ですよ。父は『そんな風にあれこれと思うのは、最初のうちだけ。結局、誰と一緒になっても同じだ』などと言うんです。母もね、『一緒に暮らすうちに情が移るから大丈夫だ』とも。両親は私の目から見ても仲が良いです。でもそれは、たまたま運が良かっただけのことで、世間を見ると口も利かないとか、諍《いさか》いばかりで女房が陰で泣いているなんて夫婦はたくさんあるじゃないですか」

「そういうお話も聞きますねぇ」

小萩は相槌《あいづち》を打った。

「ですからね、私は、ちゃんとお会いしてお話をして決めたいと告げたんです」

某はきっぱりと言い、目の前の羊羹を口に運んだ。

「ああ、おいしい羊羹だ」

うれしそうに目を細めた。そうして、すっかり打ち解けた心持ちになったらしい。

「両親は次々と見合いの相手を探してくるんですよ。私はもう三十回も見合いをしました」

「まぁ」

小萩はその若者をもう一度眺めた。太い眉、意志の強そうな口元。男らしい顔立ちだ。誠実でまっすぐな気性がうかがえた。

本人の人柄もだが、きっとみんなが知っているような見世で、商いもうまくいっているに違いない。年ごろの娘を持つ親だったら、嫁がせたいと思うような相手なのだ。

「あなた様は見合いをしたことがありますか？」

「あ、いえ、ありません」

「あれはなかなか気疲れするものですよ。いい着物を着て、かしこまっていなくちゃいけない。一番困るのが、断るときですよ。先方はいい娘さんです。何の不足もない。私にはもったいない方だ。ただ、なんというのかな。決め手がない。向こうのご両親も、娘さんもどうやら私を気に入ってくれたらしい。私の両親も、今度こそはと思っている」

「……困りましたねぇ。どういう方ならいいんですか。そのぉ、つまり、決め手というのはどういうことなんでしょうか。お顔立ちとか、振る舞いとか……、ご家族とうまくやっていかれそうだとか……」

おそらくもう何十回も聞かれたであろうことをたずねた。

「いやいや、そういうことじゃないんです。この人となら長い一生を共に過ごせそうだと思える、そういう何かです」

「何か……」

「自分でも分からないんです。だから、困っています」

「そういうことですか……」

小萩は返事に窮した。某も困っているだろうが、周囲はもっと頭をひねっているだろう。背が高いとか低いとか、丸顔とか面長とか、そういう好みを言ってもらえたら探しやすい。

『一生を共に過ごせそうな人』では、手がかりにならない。

「失礼ですが、あなた様は所帯を持たれていますか」

某がたずねた。

「はい。先日、祝言をあげました」

「ほう、そうですか。その相手の方とはどこで出会われたんですか？」

身を乗り出した。

「……同じ見世で働いています」

恥ずかしくて小さな声になった。

「じゃあ、最初は一緒になるとかそういうつもりはなくて、だんだんと気心が知れて、相手のいいところが見つかって、好きになって……。そうかぁ。そういうのがいいなぁ」

　しみじみとした言い方になる。

「そんな風にお見合いをした方としばらくお付き合いをしてみたらいかがですか」

「いやいや、そういう訳にはいきませんよ。だって見合いですよ。何度か会って、やっぱり違ったなんて言えないじゃないですか」

「そうですねぇ」

　気づくと、もうかなりの時が過ぎていた。しかし、まだ肝心の菓子の話に至らない。

「えっと、それでご要望はどのようなものでございましょうか」

「ですから、お相手の方に私の無礼を詫《わ》びる菓子をお願いしたいのです。お断りしたのは私のわがままで、そちら様にはなんの落ち度もない。申し訳ないことをしたという謝りの気持ちをこめた菓子です」

「謝りの気持ち……」

「ええ。相手の方が傷つかないように円満にことを納めたいと」

　なかなかに難しい。

「しばらくお時間をいただいてよろしいでしょうか」

「どのくらいでしょうか。じつは、二日ほど前に会った方をお断りするつもりなのです。

それで少々急いでおります」

「わかりました。明日にでもお返事をいたします」

「では、また、明日、うかがいます」

某氏はすっと立ち上がった。思いのほか背が高く、しっかりした体つきだった。頭のいい人なのだろう。話は筋が通っていて、分かりやすい。

だが、少々こだわりが強いというか、理屈が多いというか。周りにいる人は大変かもしれないなと思った。

三畳間を出て、仕事場に行くと、幹太がやって来た。

「おはぎ、結構長くかかったな。どんな話だった」

「それがねぇ……」

小萩は先ほど聞いたばかりのことを伝える。

「つまり、そちらは悪くない。悪いのはこっちだ、申し訳ないって菓子だな」

幹太がうなずく。

「なんか、そいつ、うぬぼれてねぇか」

留助が話に加わった。

「そんなことないわよ。好ましい感じの人なのよ。男らしくて、真面目そうで。先方の親御さんもお嬢さんも気に入りそうな……」

そこが問題なのだ。

たまたま仕事場にいた須美が話に加わった。

「でもねぇ、すてきな人だと思ったのに、あっさりお断りされて、その上、気の利いたお菓子までいただいたりしたら、なんだか悔しいわ」

「そうよねぇ」

小萩も同感である。

「その人が気にしているのは見世のことだろうな。見世に悪い評判が立つのが一番困る」

木型を取りに来た伊佐も加わった。

「まぁ、そうだよなぁ。うちのばあちゃんだったら、恨みを持ちそうだ」

言ってから幹太は「しまった」という顔になって、まわりを見回した。地獄耳のお福が突然顔をのぞかせるかと思ったらしい。

「おかみさんは、今日一日、隠居所のほうです」

須美が教えると、ほっとした顔になった。

そんな風にしてその日は終わって、伊佐と小萩は長屋に戻った。須美が炊きたての温かいご飯を包んでくれたので、途中の煮売り屋でちくわの煮物と里芋の煮転がし、青菜の煮びたしを買った。家でつくれるようなものばかりだが、帰ってからつくると夜遅くなってしまう。

それでも伊佐が言った。

「やっぱり、家で食べる飯はいいなぁ」

「あのお見世の煮物はおいしいものね」

小萩は答えた。

「そうじゃなくてさ。ゆっくりできるだろ。見世で食べるときは、次の段取りを考えながらだから。粉を量って、小豆を洗って、それからってふうに。味わっている暇はねぇんだ」

だから、いつもあんなに早飯なのか。

小萩は以前、母のお時に言われたことを思い出した。

――職人さんたちは早く食べ終わって仕事にかかりたいんだ。何度もお代わりをしなくていいようにご飯はたっぷりよそうんだよ。

伊佐が食べる手を止めて、小萩の顔をじっと見ているのに気づいた。

「あれ、あたしの顔になんかついてる？」

「いや、家なら、小萩の顔もゆっくり見ていられる」

「やあねぇ」

小萩はうれしくなって耳まで赤くなって笑った。

「こういうのが普通の暮らしっていうもんかなぁ」

伊佐はつぶやいた。このごろ、ずいぶん顔が穏やかになった。

二

山野辺藩の菓子について徹次が中心となり、弥兵衛も加わって相談した。

「まず、第一に日持ちがすること。だれもが好きな味であること。山野辺藩の特産品を使うなど、どこかに山野辺藩らしさを出してほしい。値段はそれほど高くないこと。この四つだな」

徹次が言った。

「日持ちがするっていうことは、朝生《あさなま》はだめってことだな。団子、大福、餅菓子は避けるか」

留助が言う。

「だれもが好きな味といえば、やっぱりあんこでしょ」

小萩が続ける。

「山野辺藩らしさってことは、その菓子を見ると山野辺藩を思い出すってことか。温かくてどこか懐かしいんだな」

伊佐がうなずく。

「特産は桑、楮、麻、つげ。山城《やまじろ》があって雲海の景色がいい。山車の出る祭りや椿の園がある。砥石もとれる」

弥兵衛が言う。

「なかなか難しいなぁ」

早くも留助は尻込みである。

「だけど、いいものができたら二十一屋の名前があがるんでしょ」

小萩は期待する。

「どうだろうな。菓子屋の名前は表に出ないかもしれねぇ。それに、つくり方も教えることになるわけだから」

伊佐は冷静だ。

仕事場でそれぞれが大きな声でしゃべっていると、お福や須美もやって来た。

「つくり方を教えるってことは、国元の職人さんがこっちに来るんですか？　それとも、だれかが向こうに行くってことですか？」

須美がたずねた。

「いやあ、うちはこれだけの頭数なんだ。行くってわけにはいかねぇだろう」

徹次が渋い顔になる。

「じゃあ、来てもらうのかい？　うちに住まわせることになるのかねぇ」

とお福。

「御城では御膳番《ごぜんばん》とか、御賄方《おまかないかた》と呼ばれるお武家様が料理をつくるんでしょ。お菓子もその方たちがつくるの？　お武家様がいらしたらお部屋や夜具……、お食事はどうしたらいいんでしょう」

須美はすぐさま、先々の心配を始める。

「まだ来ると決まったわけじゃねぇ。菓子を考えるのが先だ」

徹次がたしなめる。

小萩が振り向くと、弥兵衛は小上がりに座って腹に手をあてていた。

「ああ、また、腹がしくしくしてきた。やっぱり、わしの勘はあたった。こりゃあ、大ごとだ」

その様子があまりに大げさだったので、みんなは笑った。

「よし、俺はさすが二十一屋って言われるような面白いもんを考えるぞ」

幹太が張り切って大きな声をあげた。

「その意気、その意気」

お福が目を細めた。


昼過ぎ、某がやって来た。

「ご依頼の菓子ですが、みなとも相談して、羊羹をご用意いたしました」

小萩は竹の皮で包んだ羊羹を差し出した。

「この見世で一番上等な羊羹です。ていねいにさらしたこしあんの中に、蜜漬けした丹波大納言小豆を混ぜています。最初から濃い砂糖蜜につけてしまうと小豆が固くなってしまうので、最初は味をつけずにやわらかく炊いて薄い砂糖蜜、次はもう少し濃い蜜、さらに濃い蜜という風にだんだん濃いものへと三日かけて味を含ませて、芯まで甘味を含ませています。こしあん好きにも、粒あん好きにも好まれている羊羹です」

「おいしいことは分かりました。そのほかに、これを選んだ理由がありましたら教えていただけますか」

某がたずねた。

「もともと羊羹というのは、菓子の中でも格の高いものです。礼を尽くすという気持ちを伝えるにふさわしい菓子です。また、使っております丹波大納言小豆は炊いたとき、皮が破れません。皮がやわらかく、口にあたらないにもかかわらずです。お客様の誠意を伝えるのにふさわしい品かと思います」

某はだまって聞いている。

「どのような菓子にするか、私は親方や仕事場のみんなとも相談いたしました。美しい上生菓子はどうか、桜、梅、雪などの菓子に和歌を添えたらという意見もございました。でも、むしろありきたりで、目立たないほうがいいと思うのです。ああ、おいしかったという思いとともに、お客様のことを心から消していただくためのものですから」

最後の言葉で某はうなずいた。

「そうですね。ともかく、私のことは早く忘れていただきたい。見世の名前を聞いた時、私のことを思い出して嫌な気持ちになるというのは一番困ります」

伊佐の言った通りだった。某が心配していたのは、そのことだったのだ。

「では、この羊羹は仲人を通して先方に届けるようにいたしましましょう」

某はやっと笑顔を見せた。

夕方、小萩が隠居所に行くと、お福がにこにこして手招きをした。

「お文さんのお見合い相手なんだけどね」

「はい。この前の方ですか？」

「いやいや、あの人はあたしがお断りした。年が違い過ぎるもの」

この前と言うことがぜんぜん違う。

「その方じゃあ、ないんですね」

「そうだよ。もっといい人が見つかったんだ。どうして、思い出さなかったのかねぇ。あんたも知っているだろ、深川の佃春《つくはる》。大きな佃煮《つくだに》屋さんだよ。ときどき、うちも注文をいただいているだろ。あそこの若旦那なんだ。年は二十五。前から知っているんだけど、男らしくて真面目な人だよ。その人はね、仕事が好きな女の人は頼もしい、自分の苦労が分かってくれる人がいいって言うんだ。まぁ、でも、女の人は子供が生まれると気持ちが変わるから、見世とは関わらないで家のことだけしたくなるかもしれない。それはそれでいいんだそうだけど」

それは、とてもいい話だと思うけれど……。これまでの話も、その前も、前の前も、話だけはとてもよさそうに聞こえたのだ。

「それは、やっぱり仲人さんがそうおっしゃっているんですか？」

「違うよ。今度はそういう話じゃないんだ。おととい、佃春の奥さんに道でばったり会ったんだ。それでね、いろいろ話をしたら、そういうことだって分かった。それでね、もう、あれこれ手順を踏むより、直接二人が会ったほうが話が早いと思ってさ。なにしろお文さんはあの通りの器量よしだし、先方の喜蔵《よしぞう》さんもいい男なんだ。あ、だけど、この話をお文さんにしたらだめだよ。ないしょ、ないしょ」

お福はうれしそうに笑った。

小萩が見世に立っていると、幹太が菓子を持ってやって来た。

「おう、おはぎ。これ、どう思う？」

求肥餅を平らにのばして、くるりとあんを巻いている。求肥餅は白くて、ところどころ赤や黄、茶の模様が入っていて、かわいらしい。

「紙屋に行って聞いてみたらさ、山野辺藩の紙は丈夫で使いやすいって言われているんだって。紙屋に見せてもらったものの中に、きれいな色の葉っぱとか、木の皮とか、いろんなものを漉《す》き込んだのがあった。それを菓子にしてみたんだ」

「かわいらしい」

「な、そうだろ。求肥餅ならその日に食べなくちゃならないって訳じゃないし、あんは粒でもこしでも、合うからさ。親父に見せたら面白いって言うから、求肥の塩梅《あんばい》を変えて口の中でとろけるようなやつができないか考えているんだ」

「張り切って、いろいろ考えているのね」

「俺だけじゃねぇよ。伊佐兄も留助さんも知恵をしぼっているよ。おはぎだけだよ。のんきな顔をしてるのは」

「そうなの？」

一緒にご飯を食べているのに、伊佐は一言もそんな話をしなかった。小萩はあわてて伊佐の傍に行った。

「ねぇ、伊佐さんも山野辺藩のお菓子を考えているの」

「ああ。俺は麻を表す菓子ができないかと思っているんだ。麻って草を細く裂いて、より合わせて糸にするんだってさ。光によっては銀色に見えるって言うから、そういう飴はどうかと思って」

「飴？」

「日持ちがするだろ。親しみやすいし、ふだん甘いもんは食わねぇ男も飴はなめたりするからさ」

小萩は焦った。お福のところでおしゃべりしている間に、幹太と伊佐は着々と進めていた。

「ねぇ、留助さんも何か考えているの？」

小萩はたずねた。

「ああ、俺はさ、まだ、ぼんやりとだよ」

それを聞いて少し安心した。

「椿が名物だって言うから、道明寺粉《どうみようじこ》で椿餅はどうかなって」

いや、ちゃんと考えているではないか。道明寺粉とは水にひたしたもち米を干して挽《ひ》いたもので、蒸しあげるとむちむちとした粒になる。あんを包んで、椿の葉ではさんだ椿餅というものは、すでにあるが……。

「だから、世間にあるやつとは少し違ってね、赤いやつと白いやつ。絞りとかもあるといいかなと。うちでも椿餅は人気があって、よく売れてるだろ。だから、いいんじゃねぇかと思ってさ」

完全に出遅れてしまった。小萩は自分の顔が硬くなったのが分かった。

「ああ、小萩はそんなに頑張ることはねぇよ。小萩には家の仕事もあるんだしさ。無理しない、無理しない」

留助が言う。

「そうだよ。おはぎはおはぎの仕事があるんだ。そうだよな、伊佐兄」

幹太も続ける。

「面白いものが浮かんだらってことで、いいんじゃねぇのか」

三人と張り合うつもりはない。けれど、せっかくの話なのだ。小萩もなにか、自分にしか考えられない菓子をつくってみたい。

ああ、だが、本当のことを言えば、祝言のこととか、あれこれあって菓子から気持ちが離れていた。急になにか菓子を考えろと言われても浮かばないのだ。

お葉の菓子帖をながめたりして日々が過ぎた。

三

その日、また某がやって来た。この日も上等の上田紬を着て、すがすがしい様子をしていた。

「前回、こちらにうかがったとき、話を聞いてくれるとおっしゃったような気がしますが、よかったですかね？　少しお話ししたいことがあるのです。まぁ、聞き流していただければいいんですが」

某は少しはにかんだようにたずねた。

「ええ、その通りです。お茶とお菓子を召し上がっていただきながら、内緒の……、もちろん内緒でなくても構わないんですけれど。私でよければ、うかがいます。どうぞ、おっしゃってくださいませ」

「お馴染みでなくて、申し訳ないのですが」

「いえいえ、一度来ていただければお馴染み様です。なにか、だれかに聞いてもらいたいようなことが、ございますでしょうか」

そんな風に促されて某はしばらく考えていたが、ふっと笑顔になった。

「先日、見合いをしました。とうとう三十一回目です。見合いといっても偶然を装った出会いです。芝居を見に行かないかと母の知人に誘われて、その後、相手の方と料理屋で会いました」

「まぁ」

小萩は笑みを浮かべて茶の用意をした。

「困った顔をされるので、どうしたのかとうかがいましたら、今日は殿方に会うと聞いていなかった。理由があって、自分は家を出るつもりはないとおっしゃるのです」

「同じ気持ちの方だったんですね」

「そうなんですよ。それを聞いて私もすっかり安心したんです。たまたま、その朝、私に昔からついてくれている女中がこんなことを耳打ちしてくれたんです。『坊ちゃま、昔から嘘も方便と言いますからね、たとえば、それでしばらく二人でお付き合いをするふりをするなんて手もありますよ。そうすれば、しばらく、次の見合いをしなくてすみますよ』私はそのことを急に思い出しましてね、その方にどうでしょうかと提案してみました。そしたら、それは面白いと。まぁ、そんなことをいつまで続けられるか分かりませんが、そのときはもう一度、両親に私の気持ちを伝えて分かってもらうつもりです」

「そうですか。どんな方なんですか」

「とてもきれいな方です。もともとの顔立ちが良いというより、心映えの良さが、お顔に現れているようです。商家のお嬢さんで、見世のこともなされているとか。気働きのある方なんですね」

某は小萩がすすめた最中に手をのばした。

「もう、何度もお会いになったんですか」

「三回ほど」

「あれ」

羊羹を渡してから半月ほどしか過ぎていない。その間に新しい人と見合いをし、その人と三回も会っているということか。かなりの近しさである。

「いやいや、会ったといっても私が向こうの見世にうかがったり、先方が私のところに来たり。それでちょっと立ち話をするだけです。両親もその方のことはとても気に入っているので、いらっしゃると、母は大喜びします。家にあがって、ゆっくり話をすればいいと私にしきりと素振《そぶ》りで伝えるのですが、私は知らんぷりをしています」

某は楽しそうに笑った。

そんな他愛のない話をしばらくした。

「そんなわけですから、しばらくはあの上等な羊羹は必要がないようです」

「私どもはがっかりです」

「そうですよね。まぁ、今のところ、この話を知っているのは、私とその方、女中、それにあなた様だけです。根が正直なのでしょうね。周りを欺いていると思うと、心苦しい。母の顔を見るのがつらいです」

「それで、こちらにいらしたんですね」

「まぁ、そういうことです。話を聞いていただいたお礼に家に菓子を買っていきます。なにがいいでしょうか」

「今日はまだ豆大福が残っております。牡丹堂の豆大福は皮はもちもちで、中のあんこは甘くて、たっぷり入っています」

「では、それをお願いします。二十個」

家族と使用人で二十人ということか。それなりに大きな見世である。

某はどこのだれなのだろう。茶碗を片づけながら小萩は思った。最初に告げられなかったのでそのままになっている。

一緒になるつもりはないと言いながら、うれしそうだ。気が合っているに違いない。うまくいけばいいのに。そんなことを思った。

仕事場に戻ると、徹次と留助があんを炊き、伊佐が生菓子を仕上げ、幹太が最中にあんを詰めていた。真剣な顔で手元に集中している。こんな風に次々と自分の仕事をこなしながら、その合間に、それぞれ頭のどこかで山野辺藩の菓子のことも考えているに違いない。

自分ものんきにしてはいられない。

千草屋のお文と話をしたら、なにか思いつくかもしれないと、届け物のついでに千草屋に寄ることにした。

見世の前には「福つぐみは売り切れました」と張り紙があり、見世の中ではお文が片づけをしていた。

「お文さん、すごい。売り切れちゃったの？」

「新しい黒糖味も好評でね、毎日、たくさんつくっているけれど間に合わないの」

お文の髪には新しい櫛《くし》が挿してあった。黄味を帯びた地に赤い椿の花を彫ったかわいらしいものだ。お文は飾り気がなくて、いつも藍の地味な着物で、髪にかんざしを挿すこともまれだ。

「お文さん、新しい櫛、とってもよく似合う」

「そう？　今日は福つぐみを売り出す日だから、少しおしゃれをしてみたの。きれいでしょ。つげなんですって」

「もしかして、どなたかからのいただきもの？」

「あら」

図星だったらしい。お文は頬を染めた。

「だって、お文さんは自分じゃ、赤い椿の柄は選ばないもの。ね、そうでしょ」

「そうだけど……。でも、たまたま手元にあったからで、意味はないからって」

そういう言葉は額面通りに受け取ってはいけない。

「もしかして……、お見合いの相手から？」

「言ったでしょ。今の私は千草屋のことで精一杯だから、お見合いのことは考えていないわ……でも、牡丹堂のおかみさんにはいろいろお心をかけていただいているの。小萩さんも、その話を聞いてる？」

「あ、いえ、あんまり……。あ、でも、少しは……」

あいまいな返事になってしまった。

「そうだわ。奥に取り置いてある福つぐみがあるのよ。せっかくだからお味見に持って行ってくださいね。みなさんの分はなくて申し訳ないけれど。よろしくお伝えくださいませ」

四つほど包んでくれた福つぐみを、小萩はその足で室町のお福のところに持って行った。縁側から声をかけると、お福が顔をのぞかせた。

「千草屋のお文さんから、新しい福つぐみをいただきました。おかみさんにお心をかけていただき、少なくて申し訳ないですけどとのことでした」

小萩が差し出すと、お福はうれしそうに目を細めた。

「あれぇ、お文さんがそんなことを言っていたのかい。うれしいねぇ。じゃあ、弥兵衛さんとあたしの分、二ついただくよ。それで、お文さん、なんか言っていたかい。佃春の奥さんから、うまくいっているらしいって聞いているんだけど」

「あれ？　そうなんですか？」

お文の言葉とは食い違う。

「あ、でも、新しいつげの櫛を挿していました。赤い椿の柄のかわいらしいものでした。聞いたら、いただきものだと」

それを聞くと、お福はにんまりと笑った。

「ふうん。つげの櫛ね。それで、この福つぐみか。なるほど、なるほど」

お福はいそいそと奥の部屋に行くと、こよりで綴《と》じた厚い冊子を持ってきた。

「弥兵衛さんが菓子をつくるときに参考にしているものなんだけどね……。椿、椿……、

『花弁は厚みがあり、つややかな葉の間に大輪の艶麗《えんれい》な花を咲かせる。花全体が音を立てて地面に落ちる。……玉椿は美称である』……ないねぇ」

どうやら手にしているのは俳句などをつくるときに見る歳時記らしい。

「なにを探しているんですか」

「いや、椿ってどういう意味があるのかなって思ってさ。大切な人とか、好きだとか、そういう意味がこめられているんじゃないかと思ってさ」

小萩がのぞきこむと、芭蕉《ばしょう》の句があった。

――遁水《にげみず》や椿ながるる竹のおく

澄んだ水に浮かぶ赤い椿、竹の緑……。

「きれいな人っていう意味じゃないですか」

「ああ、そうだね。そうだ、そうだ」

その佃煮屋の息子に俳諧《はいかい》の心得があるのか、あったとして贈り物に特別な思いをこめることがあるのか、そもそもあの櫛は佃煮屋の息子からもらったものなのか。本当のところは何も分からないのだが、お福と一緒に歳時記をながめていると、お文と佃煮屋の若旦那がうまくいっているような気がしてきた。

「うん、うん。よかった。そういうことか」

「そうですよ。きっと、そうです」

二人は勝手に納得した。

「だけど、このことはほかのみんなには黙っているんだよ。今が一番大事なときなんだ。分かっているね」

お福は小萩に口止めをした。

残った二つの福つぐみは牡丹堂に持ち帰った。

「千草屋さんの新しいお菓子です。お味見してくださいって」

外側はやわらかな黒糖風味の生地、お腹にあんがたっぷり入って、ぷっくりとふくらんだ福つぐみを皿にのせた。一つを三つに切って、みんなで一口ずつ食べた。

「黒糖の塩梅がちょうどいい。外はふんわり香る、中はしっかりとこくがある。これをお文さんが考えたのか。腕をあげたな」

徹次が褒める。

「うん、いい味だ。この黒糖は奄美《あまみ》だろうか」

伊佐がうなずく。

「職人さんと一緒にお文さんも皮を焼いているそうですよ」

小萩が言うと、またみんなは感心した。

「お文さんもいよいよ本腰を入れてきたってことですね」

須美がうなずく。

「ふわふわの皮でこの厚みがいいんだな。あんこの分量もちょうどいい。なかなか、こんなうまい具合にいかねぇよ」

と幹太。

「そこのところはね、杉崎様からもあれこれと助言をいただいたそうですよ。杉崎様は千草屋さんのご贔屓《ひいき》ですから」

「食通の杉崎様がついていたのかぁ。なるほどねぇ。面白いように売れているんだろ。そりゃあ、楽しいよ。次はなにをつくってやろうかって、あれこれ考えているんだろうなぁ」

留助は目を輝かせる。

「おいしいね、おいしいね」

清吉は頰を染めた。

そんな風に新しい福つぐみの評判がよく、お文が褒められると、小萩もうれしくなる。さっきは佃煮屋の若旦那との仲がうまくいけばいいと思って、今は菓子の仕事にも力を入れてほしいと考える。

若旦那は仕事が好きなら続けていいと言っているらしいが、本当にそういう人なら万々歳だ。

小萩はあれこれと思いを馳《は》せた。

伊佐と帰るとき、小萩はお文のことをそれとなく話した。

「おかみさんがね、深川の佃春の若旦那とお文さんを引き合わせたそうなの。お見合いっていうような堅苦しいものではなくて……。とってもいい方なんですって。お文さんには千草屋というものがあることも分かっていて、仕事が好きな女の人は頼もしい、自分の苦労が分かってくれる人がいいって言っているそうなの」

「そうか、それはうれしい話だな」

伊佐は短く答えた。

外はすっかり暗くなって星がまたたいている。大通りは相変わらずにぎわっているが、小道に入ると、人気《ひとけ》が少なくなる。小萩は伊佐の脇にくっつくようにして歩いている。

「だけどね、お文さんはそんなそぶりを見せないのよ。後でおかみさんに話を聞いて、ああ、そうだったのかって思った」

「当たり前だ。お文さんはそういう人じゃない。自分の胸のうちを簡単に人に見せたりはしないよ。大切なことなら、なおさらだ」

「でもね、私は気がついたの。お文さんは新しいつげの櫛を挿していたのよ。椿の模様が入った。いただきものなんですって。きっと、その若旦那からのものよ」

「また、そんな風に勝手に決めつけて」

伊佐は困った顔になった。

「そういうことを軽々しく口にしてはだめだぞ。千草屋の見世の人が耳にしたらなんと思うか。お文さんがいなくなったら、どうなるだろうって不安に思うだろう」

たしなめられた。

四

朝からしとしとと雨が降っていた。雨が降ると客足が鈍る。そんな時、某がやって来た。

「また、少し話を聞いてもらってもよろしいでしょうか」

「もちろんでございます」

小萩は奥の三畳に案内をした。

「その後、またなにかございましたか」

「ええ、まぁ……」

某は困った顔になった。

「いや、そのお付き合いをさせていただいている『ふり』というのは、うまくいっております。うまくいき過ぎているくらいに。お見世に何度かうかがったのですが……、いつもお忙しそうで。それで、文を交換することにいたしました。まぁ、あくまで『ふり』なので、内容は簡単なものです。ただ、いただいたらすぐにお返事をするようにいたしました」

「では、もう何度も文が行き来をしているんですね」

小萩は笑顔になって茶の用意をした。

「もっとも、ただの『ふり』ですから、近所の紫陽花《あじさい》が咲いたとか、つぐみが鳴いているとか、月がきれいだったとか……。そういうことです。ごく短い文ですが、その方のまっすぐな心映えが伝わってくるようでした。私も、それまで空など見上げたこともなかったのですが、毎日、空を見たり、庭の花を見たりして、返事を書きました。母は私が急に、花の名前を聞くものですから、一体、どうしたのかと不思議そうにしております」

某は頬を染めた。

「それは、すてきなことですねぇ」

「いやいや、これは、まわりを欺くためのもの。その方と私は、ただ『ふり』をしているだけなんですから」

何度も繰り返す。そして、急に真面目な顔になった。

「ただ……、だんだん私は苦しくなってしまったのです。そうやって、まわりを欺くことが。父も機嫌がいいし、母もうれしそうにしております。私が子供のころからいる女中たちも、安心した顔になるんです。……だから、もう『ふり』はやめようと思うのです。いっそ、すべてお断りをして、文もやめてしまおうかと」

「……どうしてですか。せっかく、すべてがうまくいっているのに」

「でも、先方は嫁に来るつもりはないんですよ。このままでは……、父や母に申し訳ない……心苦しい……というか、私がつらい」

つまり、それは、好きになってしまったということではないのか。もう、「付き合っているふり」ではなく、ちゃんとお付き合いしたい。そういう気持ちが芽生えたのだろうか。

某の切なそうな顔を見て、小萩は確信した。

そうだ、そうに違いない。

小萩は身を乗り出した。

「……そのお相手の方は、心映えのよい、すてきな方なのですよね。お断りしたら、それっきりですよ。もう、会えません。せめて、お気持ちを伝えるだけでも……」

「いやいや」

膝にのせた手がこぶしになる。

「だったら、もう少しお付き合いをしてみたらいかがですか。最初は『ふり』でも、今は気持ちが近づいているのかもしれません。えっと……、先方の方はどうして、嫁に行くつもりがないのですか」

「何代も続く見世なのだそうです。今はさほど大きくはないのですが、以前は人に知られた大きな見世だったそうです。周囲は嫁入りを勧めるけれど、自分は見世を守っていきたい、昔のような大きな見世にはできないかもしれないけれど、その火を消したくないと」

お文の顔が浮かんだ。

「私の仲の良い友達にも、同じような立場の方がいます」

「その方は……、どうされています？」

「やはり周りの勧めで会った方がいて、その方とはいいお付き合いが続いているようです」

「そうですか……。あなた様のお友達は見世をどうするつもりなのでしょう？」

「わかりません。ただ、お父さんは見世のことより、本人の幸せだと考えていると聞いています」

「そうですよね。そういう考え方もあるんだ」

某はうなずく。

「こんなことを申し上げて不作法だと思われたら困るのですが、もしかして、お客様は、その方に少し心が動いたのではないですか」

「いや、あ、そうではなく」

頬が染まった。図星だったようだ。

「だったら『ふり』ではなくて、お付き合いをしてみたいとおっしゃったらいいのに」

「いやいや、そうはいきませんよ。私はもう、さんざん、親に言われたから嫌々見合いをしているとか、自分は勝手な男で今まで通り好き勝手をしたいとか、女はすぐ泣いたりふくれたりするから面倒だとか勝手なことを吹いたんですから」

「聡明な方なら、そんな言葉を本気にしませんよ」

「いや、いや、いや」

「では、贈り物をしてみたらどうですか」

「なにを……」

「やっぱり、女の方なら櫛とか簪《かんざし》とか。小さな鏡」

小萩はお文を思い出して言った。ふだん身を飾らないお文が髪に櫛を飾っているのは、やっぱりうれしかったのだ。もらってうれしい相手なのだ。

「ほう……。そうか……。考えてみよう」

「あまり高価なものはお相手の方が気にされるかもしれないから、ちょっとしたものがいいかもしれないですね」

「ちょっとしたというと……、たとえば珊瑚《さんご》とか」

「珊瑚ならごく小さなものとか。でも……、あの……、まずはささやかにお菓子を差し上げるのもよいかと。女の方は甘いものがお好きですから」

見世のことも思い出してもらう。

「ああ、菓子ねぇ。それは……、ちょっと……。いやあ、ありがとうございます」

某はまた、見世の者にどこの日は最中を二十個買った。


仕事場に行くと、幹太が近づいて来た。

「今度はなんだって？」

「うん、だからね……」

小萩はかいつまんで説明をする。ふんふんと聞いていた幹太が、急に思い出したようにたずねた。

「それならさぁ、なんで某さんは、その人に菓子を買わないんだよ。身につけるものは好き嫌いがあるけど、あんこの嫌いな女の人はいないよ。それに食べ物は消えてなくなるからいいんだよ」

「そうよねぇ。私も勧めてはみたんだけど。どうしてかしら」

小萩も首を傾げた。家族に買って帰るなら、その人にも届ければいいのに。焼き印を手にした留助がにやにやと笑いながら近づいて来た。

「俺が思うにさぁ、この話は、某のおふくろさんの企みじゃねぇかと思うんだ」

「どういうこと？」

「つまりな。人間ってのは、まわりからああせい、こうせいと言われると嫌になる。だから、おふくろさんは逆を行くことにした。某さんは古くからいる女中さんに『ふり』をすればいいって知恵をつけられたんだろ。じつは、その女中さんの裏にはおふくろさんがついているんだ」

——私から言っても駄目だけど、昔からあなたの言うことはよく聞くでしょ。あの子に伝えてちょうだい。『ふり』をすればいいんですよって。

留助は女の声を真似、しなをつくってみせた。

「なるほど、それで周囲にうまくいっているように見せるため、時々会ったり、文を交換したりした。で、そのうちに気心が通じて恋心が生まれたってことか」

幹太がうなずく。

「しかし、女の人の方はどうなんだ？　その人も、嫁に行きたくないんだろ。それじゃあ、結局、話がまとまらないじゃねぇか」

伊佐が真面目な顔でたずねた。

「だからぁ、女の方も、おふくろさんに言い含められているんだよ。あなたは自分のやりたいことがあるから、今は嫁に行けないと断りなさい。そうしたら、息子は『ふり』をしましょう、『ふり』だけでいいんですよと言います。あなたは、それを受けてくださいねって」

「そうなの？」

小萩は半信半疑だ。

「そうさ。すべてはおふくろさんの手の裡《うち》さ。まあ、黙って見てなよ。そのうち、某さんが嫁をもらうことにしましたって言いに来るから。まあ、そのときは祝言の菓子の注文をもらうんだな」

留助は自信たっぷりに答えた。

その日の夕方、小萩が井戸端で洗い物をしていると、幹太がふらりとやって来た。

「俺さぁ、さっき表通りを歩いていたんだよ。越後屋の角のあたり」

日本橋で最も華やかな一角だ。

「そうしたら、向こうからお文さんがやって来た。なんか買い物の帰りだったのかな。風呂敷包みを持っていた。なんか、感じがすごく変わっていたんでびっくりした」

「そう？　福つぐみの売れ行きがいいからかしら」

小萩は答えた。

「そうじゃなくてさ。なんか、やわらかくなった気がした。やっぱり、櫛のせいじゃねぇか」

「つげの櫛? 椿の花の?」

「あれさ、お見合いの相手からもらったんだろ」

にやりと笑う。

「だれに聞いたの?」

「ばあちゃんだよ。佃煮屋の若旦那と話が進んでいるって」

「もう、私には口止めしておいて」

小萩は頰をふくらませた。幹太は急にまじめな顔になった。

「俺、思ったんだけどさ。お文さんの見合いの相手、佃煮屋の若旦那ってさ、あの某じゃねぇのかなぁ」

「え、違うわよ」

思いがけない言葉に小萩は思わず洗い物の手を止めた。

「だってさ、江戸で毎日何人見合いをしているのか知らねぇけどさ、男はちょっとした見世の若旦那で、女はじいさんだか、ひいじいさんが始めた見世を守っている美人さんだろ。

そんな組み合わせがあっちもこっちもあるわけねぇよ。それにさ、俺、気になっていたのは家には菓子を買うのに、相手のところに菓子を持って行かねぇってことだよ。女の家が菓子屋だからじゃねぇのか？」

「そうねぇ。そう考えると、辻褄《つじつま》が合うわねぇ」

「だろ？　留助さんの言った通り、お母さんが後ろで糸を引いているんだよ。某はまんまと策略に乗って、お文さんに心惹かれてしまったんだ」

幹太は得意そうな顔になる。

「でもね、もし、そうだとしたらよ。お文さんは某さんのことをどう思っているわけ？　私には今の私は千草屋のことで精一杯だからって言ったのよ」

「人の気持ちは変わるんだよ。某が本気になって真心を運んだら、お文さんだってほだされるだろ。見世のことは、みんなで考えれば道はあるんだよ。本当にどうにもならないなら、閉めてもいいって作兵衛さんは覚悟していると思うよ。大事なのは、お文さんがどうしたいか。なにを自分の幸せって考えているかだよ」

「幹太さん、すごい大人の意見ねぇ。そんなことまで考えているんだ」

小萩は思わず幹太を見直した。

背がのびて、体つきもしっかりとしてきた。それだけでなく、最近は考え方や振る舞いも前とずいぶん変わってきている。

「なんだよ、照れるじゃねぇか」

「案外、松屋《まつや》の八衛門《はちえもん》さんの受け売りだったりして」

松屋は牡丹堂のお得意で煙草入れや紙入れ、財布など、男物の上等の装身具を扱っている。その見世の隠居である八衛門は幹太に人生の知恵を教えてくれる粋な大人である。

「違うよ。俺が、自分で考えたんだ」

今度は幹太が頬をふくらませた。足元の小石を蹴ると、近くの石に腰をおろした。

「俺は思うんだけどさ、某って人は頭はいいかもしれないけど、ちょいとばっかし世間知らずだよな。最初からぴったりの人なんていないんだよ。別の場所で生まれて、別の親の元で育ったんだ。当たり前じゃないか。それが、一緒に暮らすようになって相手を思いやったり、助け合ったりしていくうちに、自分も変わるし、相手も変わる。そうやって、いい二人になるんだ。だからさ、某の親父さんの言った『結局、誰と一緒になっても同じだ』ってのは、半分は当たっているんだよ」

小萩はますます感心して幹太の顔をながめた。そして、つい余計なことをたずねた。

「ねぇ、お結《ゆう》さんとはうまくいっているの?」

お結は八衛門の孫娘で、近所でも評判の小町。物おじしないおきゃんな子だ。

「ほうら、すぐ、そんな風に人のことをあれこれ詮索するのが、おばさん臭いんだな。嫌だねぇ」

幹太は憎まれ口をきいて逃げて行った。

小萩は洗い物に戻った。

そうか。某はお文と見合いをして、『ふり』をしているうちにだんだん気になる人になり……、櫛を贈った。

いや、待て、待て。

お文がつげの櫛を挿しているのを見たのは、その前からだ。その後、今日また某がやって来た。小萩はお文の櫛を思い出して、何か贈ったらいいと言ったのだ。

すでにお文と佃春の若旦那との話は進んでいるということらしい。

ということは、やはり某は佃春の若旦那とは別人だ。

どちらもうまくいけばいいな。そう思いながら、洗い物を続けた。

空には明るい月が出ていた。

菓子で巡る旅の思い出

一

梅雨が明けて急に暑くなった。

「今日の夕餉は何にしようかな」

小萩はそんなことを考えながら仕事場をのぞいた。伊佐が鍋で白い何かを煮ていた。どろどろに溶けて大きな泡を浮かべている。伊佐が大きな木べらを差し入れてかき混ぜると、一瞬、泡は消え、また、ぶくぶくと音をたてて、新しい泡が生まれる。木べらを持ち上げるとへらの先から、たらったらっと流れ落ちた。

「まだ、まだ」

伊佐は小さくつぶやいた。

鍋は相当に熱いらしい。伊佐は額に大きな汗を浮かべていた。手にする木べらも重そうだ。泡はさらに大きく、厚くなり、ぶくんぶくんと音をたてではじける。そのたび、熱いしずくが伊佐の袖にも飛び散る。

「なんだ、伊佐、何やってんだ？」

留助が声をかけた。

「山野辺藩の菓子だよ。さらし飴をつくろうと思って、知り合いの飴屋につくり方を習ってきたんだ」

伊佐が答えた。

「大丈夫？　やけどしない？」

小萩はたずねた。

「あんこ煉るのと同じさ。こっちは砂糖蜜と水あめだけどな。そろそろ、いいかな」

伊佐は飴屋から借りてきたらしい金属製の大きな箱に鍋の中身をあけた。どろんと広がったさらし飴を金属のへらで二つ折りにし、また広げる。

「お前、面白いもんに目を付けたなぁ」

留助は声をあげた。

「ああ、以前、鷹一《たかいち》さんにさらし飴で銀色に光るきれいな飴がつくれるって聞いたんだ。ちょっとやってみようと思ってさ」

鷹一は徹次の弟弟子にあたり、かつて牡丹堂で修業をしていた男だ。北から南へとあちこちの見世を渡り歩いているので、珍しい菓子をたくさん知っている。

柱に細い木の棒をくりつけると、少し冷めて、けれど、まだ相当に熱い飴を長くのばし、真ん中あたりを棒に引っかけ、端をつかんで両手でぐいと引っ張る。長く伸びたら、棒からはずして二つに折り、また真ん中を棒に引っかけて引っ張る。

それを繰り返しているうちに、飴は白く変わっていく。

「伊佐兄、疲れるだろ。少し代わるよ」

幹太が言った。

「いや、いい。ちょいと引っ張り方に工夫があるんだ」

伊佐が答えた。

毎日、もち米を蒸したり、羊羹を煉っているから、伊佐の手は熱いものに慣れている。

それでも、すぐに手が赤く染まった。

やがて飴は透き通ったように白くなり、伸びなくなった。

伊佐はまな板にのせ、包丁で切った。

「ううん、難しいなぁ」

がっかりしたように声をあげた。小萩はひとかけを手に取った。切り口にいくつか気泡があった。

「本当はさ、気泡ができて霜柱みたいになるはずなんだ。これじゃあ、ふつうの飴だ。鷹一さんにもう少し詳しく聞いておけばよかったなぁ。麻が名産だっていうからさ。麻糸の束みたいな白くて、光っている飴をつくりたかったんだ」

肩を落とした。

「考えていることはわかるけどさ、牡丹堂じゃさらし飴はつくらねぇから、難しいよ」

幹太がなぐさめる。

「そうだなぁ。半生菓子ってことで考え直してみるかなぁ」

伊佐はつぶやいた。


その晩、家で伊佐と夕餉を食べている時小萩は言った。

「今日、試していた飴、残念だったわね。上手にできたらよかったのに」

「そうだよなぁ。有平糖に比べたらさらし飴なんか、簡単だと思ってたけどとんでもないよ。今日のは、ふだん飴屋がつくってる量の四分の一ぐらいなんだよ。力仕事だな。それを何種類もつくるんだから、すごいよ」

牡丹堂でつくる飴は砂糖を煮詰めてつくる有平糖だ。南蛮渡来の菓子で、真冬の氷のように透き通って固く、紅や碧《あお》に染めると宝石のように輝く。桜や朝顔の花などの形にして、茶席菓子にする。

しかし、今日、伊佐が試していたのは材料に水飴を使うさらし飴だ。さらし飴は七五三の飴やたんきり飴、抹茶やニッキ味の飴になる。

「有平糖ならともかく、さらし飴じゃ見世の得にならないよ。もっと二十一屋らしい、得意なもので考えた方がいいんだ。仕切り直しだな」

伊佐はきっぱりと言った。

その日の膳は油揚げを七輪でさっとあぶっておかかとしょうゆをかけたものと、いさきの塩焼。自分で漬けたぬか漬け。白飯と煮豆と青菜の煮びたしは煮売り屋で買った。

だが、本当は全部自分でつくりたい。

伊佐がぱりぱりと小気味のいい音をたてて、うりを嚙んだ。

「ねぇ、ぬか漬け、どう？　少し漬かり過ぎ？」

「いや、ちょうどいいよ。どうしたんだ？」

「牡丹堂のぬか床を分けてもらったの。それで、今朝、漬けてみたの」

「そうか。だからか。いつもの味だなって思ったんだ。うまい、うまい」

伊佐は楽しそうに笑う。その笑顔を見ると、小萩もまた、うれしくなる。

鎌倉の家にも、おばあちゃんのそのまた、おばあちゃんから伝わっているぬか床がある。母のお時はそれを大事にして、毎日かき混ぜている。さすがに鎌倉から持って来てもらうわけにはいかなかったので、牡丹堂のぬか床を分けてもらうことにした。お福が使い続けたもので、今は須美が守っている。小萩用にぬかを加えて育ててくれたのだ。

伊佐に洗濯をさせたことで、長屋のおかみさんたちに叱られた。

その時は少々腹を立てたけれど、考えてみれば一理ある。

伊佐のために料理や洗濯や掃除や、つまり家事全般をしたくて、一緒になったのだ。おいしいご飯をつくって、喜んでもらいたい。そう思うから所帯を持った。

伊佐だって、それを望んでいるに違いない。

料理が上手で、洗濯も掃除も手際よく、おいしいぬか漬けを漬けて、いつもにこにこと機嫌よく亭主のことを考える女房。もちろん、菓子の仕事も手を抜かない。

それが小萩のめざすものだ。

届け物があって少しの間見世を空け、牡丹堂に戻ると須美が待っていた。

「某さんがいらしているの。それで、奥の三畳にお通しして、私がしばらくお相手をしたんだけれど、小萩さんに聞いてもらいたいと」

驚いて、急いで部屋に向かうと、某はひどく落ち込んだ様子をしていた。

「悲しいときに食べる菓子というものはありますか」

「悲しい時ですか？」

「はい」

もしかしたら、例の人とはうまくいかなかったのかもしれない。しかし、向こうが言い出さないのに、こちらからたずねるわけにはいかない。

「しのぶ饅頭というものがございますが。こちらは、ご法事のときによく使われます。白い小麦粉饅頭で、故人をしのぶという意味でしのぶひばの葉の焼き印を押してございます」

「ううむ」

「それから、蓮《はす》の葉と花の形の干菓子もございます。お仏壇のお供えものに……」

「ええと、そうではなくて……」

やっぱり、だめだったのだ。小萩は思い切ってたずねてみた。

「あの……、贈り物は受け取っていただけたんでしょうか」

某は首を横にふった。

「断られました。あくまで『ふり』なのだから、こういうものを受け取るわけにはいかないと。それで、私は、これは『ふり』ではなくて、自分の気持ちだ。できれば、受け止めてほしいと伝えました」

「そうしたら……」

　某は口をへの字にした。

「そういうつもりはないと。今も、これからも嫁に行くつもりはないと」

「じゃあ。この菓子は……」

「自分のためのものです。甘いものをいただいて、元気になりたいです」

「そう、でし、た、か」

　小萩は某の顔をながめた。眉の濃い、きりりとした顔立ちの、人柄も、もちろん家柄もいい男だ。たいていの娘ならば嫁に行きたいと思うに違いない。

　幹太は「最初からぴったりの人なんていない」と言ったけれど、某は嫁とりを、真面目に一生懸命に考えている。某のような裕福な家の男子の中には、親が認める人なら相手はだれでも構わない。家を守ってくれる人ならそれでいいと、考えている人もいるそうだ。某はそういう人とは違う。某の嫁になる人は、きっと幸せになるだろう。

　それなのに……。

　某をふるのは、いったい、どういう人なのか。どんな事情があるのだろうか。

「あの、よろしければ、私の話を聞いてもらえますか。いえ、聞いていただくだけで結構です。自分一人の胸に納めておくのが苦しいので。こう言っては失礼かもしれませんが、年が近いので話しやすいのです」

「もちろんです。おっしゃってください。そうすれば、きっと少し楽になります」

小萩は答え、座り直した。

「『ふり』をしたらいいと言ったのは、女中です。真面目で、正直で、企みなんてこととは無縁の人です。それで、もしかして、すべては母の企みではないかと思いはじめました。私が断ってばかりいるので、母は私に断らせないような手を考えた。先方の娘さんも、母から事の次第を言い含められているに違いない、そう確信したのです」

「相手の方は、某様が『もう、ふりはやめよう』と言うのを、待っているのではないかと」

某の頬が染まった。

「その通りです。母の企みに乗ってしまうのは悔しくもあったのですが、私はその方に……、ともかく心を惹かれていましたので、気持ちを打ち明けました。自信満々で、少々得意になって……、ところが……」

ぺしゃんというように、手の甲をたたいた。

「違ったんですね」

「私は納得がいかず、父に打ち明けました。そうしたら父に笑われました。母はそんな難しいことを考えられる人ではない。『ふり』をしたらいいというぐらいは思いつくが、相手の娘さんを巻き込むことまではできない。いつも、大事なところが抜けるのだと。……だから、結局、今度も、話はまとまらなかった。……まったく、意味をなさない。……私も母に似たのかもしれません」

某の眉が下がった。

「と、おっしゃいますと……」

「かんざしにしようか櫛にしようか迷って、結局、櫛にしました。その方に櫛を渡そうとして髪を見たら……、その人は新しい櫛を挿していました。よくよく考えてみると、以前からその櫛を挿していたんです。それも、私が買ったのとよく似たつげの櫛です。同じような櫛は二枚あっても仕方がないです」

「櫛はご自分で買ったものかもしれませんよね」

「そうあったら、よいと私も思いました。それで、つい、野暮《やぼ》を承知で聞いてしまいました。その櫛はご自分で買ったのかと。その方は何も答えず、微笑みました。もう、そこですべてを悟り、踵《きびす》を返して帰るべきだったのです」

しかし、某は初心《うぶ》な男である。女心には疎《うと》い。さらに言葉をついだ。

「私は心に誓った通り、勇気を奮い起こして伝えました。『ふり』ではなく、お付き合いをしていただきたいと。その方は、本当に困った顔をされました。自分は嫁に行くつもりはない。今も、これからも。それが自分の生きる道だと。私は自分を恥じました」

某の目の前には羊羹がある。

黒くつやつやとしている。歯切れがよく、ねっとりとして甘い。悲しい、淋しい、心に開いた穴を埋めてくれそうな羊羹だ。

小萩は新しい茶をいれてすすめた。

「どうぞ、召し上がってくださいませ」

某は羊羹の一切れを口に運び、手を止めた。

「羊羹がしょっぱいと思ったのは初めてです」

目が赤かった。

けれど茶とともに羊羹を食べ終わると、気持ちが切り替わったらしい。すっきりとした顔になった。

「話を聞いていただいてありがとうございます。おかげさまで心の整理がつきました。先ほどの羊羹をいただいてまいります。佃煮屋ですから、日に何度も味見をします。しょっぱいものに口が慣れていると、甘いものが倍も三倍もおいしいんです。みなも喜びます」

「えっ。佃煮屋さんだったんですか」

小萩は驚いて某を見た。某は、しまったという顔になった。

「はは、語るに落ちるというのはこのことですね。佃春という見世です」

佃春さんですか。そうだったんですか。

某が思う相手はお文さんでしたか。

――今も、これからも。それが自分の生きる道だと。

お文が伝えたという言葉が思い出された。潔い、強い言葉だ。切ないほどに。

あの人は、それほどの思いで菓子に打ち込んでいるのか。あの福つぐみは、その覚悟が生んだ菓子なのか。だから、あんなにおいしいのだ。

小萩は某を見世の表まで見送った。

後ろ姿を眺めながら、自分は今のままでいいのかと思った。

小萩は菓子をつくりに日本橋に来たのだ。渋るおじいちゃんやおとうちゃんを説得して一年の約束で来た。一年はあっという間に過ぎてしまい、さらに学びたいこと、やりたいことができた。これからだと思った。

もうしばらく日本橋にいたいと、みんなに伝えたとき、おじいちゃんは言った。

――日本橋に嫁に出したと思うことにするか。

おじいちゃんやおばあちゃん、おとうちゃんは小萩が嫁に行くのを楽しみにしていた。娘を嫁に出すことは親や祖父母としての役目で、小萩が嫁に行かれなかったら大変だと心配をしていた。

そういう気持ちがありながら、小萩の気持ちを大事にして送り出してくれたのだ。いいご縁があって、小萩が幸せになった。めでたし、めでたしと、おじいちゃん、おばあちゃん、おとうちゃんはほっと一安心している。

小萩の胸にお時の顔が浮かんだ。

おかあちゃんはどうだろう。それも悪くないねと思っているだろうか。

母のお時は父と一緒になるために、子供のころから修業を重ね、一時はその道一筋で生きて行こうと思っていた三味線を、すっぱりとあきらめた。それは、そうしなければならない理由があったからだ。本当に身を切られるようなぎりぎりの思いだったに違いない。

でも、小萩は違う。やっと菓子づくりの入り口に立ったぐらいなのに、伊佐との暮らしを始めてしまった。

――いいさ、いいさ。あんたのことだから、そんなところだろうと思っていたよ。いいじゃないか、子供ができたらおやつに菓子をつくってあげればさ。

今のお時なら、そう答えるだろうか。

その顔がお文に変わった。

——なにを気にしているの？　だって小萩さんは伊佐さんと一緒になって幸せなんでしょ。私とは違うわ。

そうじゃない。そうじゃないんだ。

小萩だって、いい加減な気持ちで日本橋に来たわけじゃない。菓子のことなど何も知らなかったけれど、こんなきれいでおいしいものがあるんだと驚いた。もっと知りたい、自分でもつくってみたいという、まっすぐな気持ちだけがあった。

もちろん、今も、その気持ちはある。

だけど、少し、ほんの少し、小萩は忘れてしまっていた。伊佐のことが大好きで、二人の暮らしが楽しいから。

小萩は見世の引き出しにしまってあるお葉の菓子帖を取り出し、開いた。

菓子帖には幹太の成長や日々の暮らしのあれこれが、短い文と菓子の絵で描かれていた。

お葉は仕事場で菓子をつくり、お福に代わって見世に立ち、幹太の世話をし、料理や掃除もしていたという。

しかも、お葉の頭にはつねに菓子があったのだ。

一体、どうやったら、そんな風にすべてを完璧にこなせるのだろう。

須美がやって来て、声をかけた。

「ねぇ、小萩さん。さっき、気がついたんだけど、伊佐さんの袖のところ、ほころんでいない？」

「え、そうでしたか？」

「たぶん、そうじゃないかと思うのよ」

「教えていただいて、ありがとうございます。帰ったら、すぐ繕います」

「そうね、それがいいわ。それからね、お芋を煮たけど、少し持って行く？　家から持って来た佃煮もあるから」

「すみません、いつも」

「いいのよ。親方からも、そうしてくれって言われているから。それで、ぬか漬けはうまくいっている？」

「毎日、かき混ぜています。伊佐さんがおいしいって言ってくれました」

「そう、よかったわ。暑い時期は気を付けないとね。すぐ、酸っぱくなっちゃうから」

「はい」

そうだ。今朝は洗濯物を干したから、台所の片づけができなかった。土間にもごみが落ちていたし。帰ったら洗濯物を取り込んでたたんで、夕餉にしてから台所も片づけて、ああ、そうだ、繕い物があった。やらなければならないことが、あれこれ一度に頭に浮かんだ。

菓子の仕事も、家のこともしっかりやりたい。

体が二つあったらいいのに、と思った。

二

「え、お滝《たき》さん、まだ煙管《キセル》をやめないの？」

小萩が台所に行くと、須美と留助がしゃべっていた。留助の女房お滝の出産について、留助は須美を頼りにして、あれこれ相談をしているのだ。

「そうなんですよ。長屋のかみさんたちにも、早産になるってさんざん言われてんですけど、それがあたしの愉《たの》しみだって譲らねぇんだ」

「それは留助さん、やめてもらった方がいいわよ。赤ちゃんのためにならないもの」

「いや、それぱっかりじゃねぇんだ。酒も飲んでいるらしいんだ。もちろん、ちょっとだけど」

「ええ、それはだめよ。絶対にだめ。ちゃんと、そういうことは守ってもらわなくちゃ」

　留助といっしょになる前、居酒屋で働いていたお滝は、そこで煙草と酒の味を覚えたそうだ。

「腹がでかくなってあんまり外に出られないから、暇を持て余しているらしいんですよ」

「予定はたしか神無月のころだったでしょ。もう、そんなにお腹が大きいの？」

「大きいですよ。腹が前に突き出ているから、自分の足が見えないとか言ってる。長屋のかみさんたちも、もう、いつ生まれてきてもいいんじゃないかって」

「あら、あら」

「だいたい神無月っていうのも俺の勘違いだったみたいで、お滝に『あたしはそんなこと言ってない』なんて言われちまった」

　まだ春も浅い頃、お滝が急にぺんぺん草が食べたいと言い出して、小萩は留助とともにぺんぺん草を採りに行った。あの時もかなりの騒ぎだったが、いよいよ生まれるとなったら、またひと騒動になりそうだ。

「早く赤ちゃんの顔を見たいでしょ。留助さん楽しみねぇ」

　須美は目を細める。

「いやあ、あはは、そうなんですけどね」

　留助はうれしさを隠せない。

父親になるという自覚が芽生えたのか、この頃の留助は仕事に熱が入っている。山野辺藩の菓子も、今までだったら「そういうことは伊佐や幹太に任せるよ」という風だったのに、今回ばかりは違う。最初に考えた道明寺粉を使う菓子は日持ちがしないからと早々に見切りをつけ、今は干菓子の方向で探っている。

そうなると、伊佐や幹太もさらに真剣になって、昼の休みなど、集まるとあれやこれやと話をしていた。

小萩はそんな三人の様子を少し離れて見ていた。

菓子が浮かばない。

今まで小萩庵やそのほかで菓子を頼まれた時、ああしたい、こうだったらいいと、案外すぐに思い浮かんだ。菓子の姿が見えたのだ。実際にどうつくればいいかは、伊佐やほかのみんなに聞けば教えてもらえる。難しいとか、手間がかかるとかは脇において、思いつくままに菓子づくりに取り組んでいた。

あのころは、どういう風に考えていたのだろうか。

それも、分からなくなって小萩は首を傾げた。

菓子の話に熱中している幹太に代わって注文を取りに、小萩は外に出た。日本橋の通りを歩いていると、川沿いの柳の木の陰で杉崎が饅頭を食べているのが見えた。道場の帰りなのか、色あせた着物で髷も曲がっている。その様子はどう見ても、仕事の合間にちょいと息抜きをしている下っ端のお武家で、留守居役という大役をあずかっている風にはとても見えない。

小萩もつい、親しい気持ちで声をかけてしまう。

「杉崎様、どちらのお見世のお饅頭をお召し上がりですか？」

「おお、だれかと思えば牡丹堂か。はは、見つかってしまったな」

日焼けした顔に白い歯を見せて笑う。

「三島屋《みしまや》だ。みながうまいと言うから買ってみたんだが、正直に言うと、今、ひとつだな。あんのさらし方が甘い。職人もたくさんいるんだし、そこそこ、いい値をとるのだから、もうひと息、あんに力を入れてもいいのになぁ」

なかなかに手厳しい。

「やっぱり、千草屋のあんこがお好みですか」

「うん、そうだな。まったく、よくあの人数で、あれだけのうまいあんこをつくるものだ。しかも、こしあん、粒あん、白あん、うぐいすあんと何種類もだ。見世が大きいとか、人手があるとかいうことは、菓子の出来とは関係がないんだな。手間をかけるところはかけるし、そうでないところはそうではない。何事もそうだ。勉強になる。……ああ、牡丹堂も悪くないぞ、いや、なかなかにうまい」

小萩の視線に気づいたのか、取ってつけたように最後にほめた。

「それを聞いたら、お文さんが喜びますよ」

「うん、そう言ってもらえると、こちらも贔屓の甲斐がある」

なぜか、杉崎の頰にうっすらと赤みがうかぶ。

「福つぐみのことでは大変にお世話になったと、お文さんが喜んでいました」

「あ……、いや……、なに……、それほどのことは……」

急に歯切れが悪くなった。

「じつは、この前のお菓子の件なのですが……。今、うちの職人たちがいろいろ策を練っています。私も考えてみたいのですが」

「ほうほう、それは頼もしいことだ。ご婦人ならではの考えというものもあるからな」

顔をほころばせた。

「山野辺藩というのは、どういうところでしょうか」

「うん、そうだなぁ……」

杉崎は遠くを見る目になった。

「美しく立派な山城がある。山ひとつが城なのだ。秋のよく晴れた朝、濃い霧が出ることがある。そうすると、城がまるで雲の中に浮かんでいるように見える。大変に美しい」

雲に浮かぶ城。菓子を考える助けになりそうだ。

「そんなわけで、城の周りは坂道ばかりだ。われらは麓に住んでいるから、登城するときは坂道を上る。若い者はみんな駆け足だ。だから山野辺藩の男たちは足腰が丈夫だ」

杉崎は自分の足をぽんぽんと叩いた。着物の上からも、固い肉のついた立派な足が地面をしっかりと踏みしめていることがうかがえる。

「城の自慢のひとつが石垣だ。石垣の工法には、『野面積《のづらづみ》』、『打込接《うちこみはぎ》』、『切込接《きりこみはぎ》』の三つがある。もっとも古いものが野面積で、山野辺藩の石垣はこれだ。自然の石を積み上げ、その隙間に『間詰石《まづめいし》』と呼ぶ小石を詰めている。ただ石を積んであるのではないぞ。裏側はしっかりと組まれているので、容易にはくずれない。しかも、見た目は力強く、野趣がある。ちなみに、江戸城は四角く形を整えた石を積み上げた『切込接』。あれはまた、整然として美しく強い」

うっとりとした目になった。わかりやすい説明である。しかし菓子にはあまり関わりがなさそうだ。

「ほかには、なにかありますでしょうか」

「うん、そうだな。とっておきがある」

目を輝かせた。

「山野辺藩の北の端には、その昔、大きな美しい城があったそうだ。ある時、城下町を訪れた旅の僧は人々の顔を見て驚いた。どの顔にも死相が出ていた。これは、近々大きな凶事がある。そう思って人々に告げたが、信じてはもらえない。何を言うかと、怒鳴られる始末だ。僧はあわてて逃げ出した。その晩、地鳴りがして山が二つに割れ、城も人々も飲み込んでしまった」

「それは……、本当のお話なんでしょうか」

「もちろんだ。近くの寺にその時の様子を描いた絵が残っておる。江戸に幕府ができる前の話だ」

興味深い話だ。しかし、これこそ菓子とは関係がない。

小萩はまじまじと杉崎の顔をながめた。からかわれているのかと思ったが、大真面目な顔である。諸藩の留守居役の中でも、切れ者として知られているそうだ。

この話にも、きっとなにか深い意味があるに違いない。

「どうだ？　少しは役に立ちそうか」

「……ええ、まぁ、はい。……ありがとうございます。とても、ためになりました」

小萩は礼を述べた。

見世に戻ると、徹次の姿があった。小萩が見世を出る少し前、曙《あけぼの》のれん会の会合があると言って出かけた。夜まで戻ってこないはずだった。

「どうしたの？　なんか、あったの？」

小萩は幹太に小声でたずねた。

「なんか、もめたらしい。面倒なことは勘弁だって言ってた」

幹太もひそひそと答える。

曙のれん会というのは、江戸の力のある菓子屋の集まりだ。将軍家にお出入りを許されていたり、江戸中のほとんどがその名を知っているという有名どころが名を連ねている。会に入るのにもきびしい審査があり、牡丹堂もあれこれあったのち、その末席に名を連ねることになった。

徹次は月例会だと、衣服を整え出かけたのである。

その日一日機嫌が悪そうだった徹次だが、翌朝にはすっかりいつもの様子に戻っていた。

みんなはそれですんだ話だと思っていた。ところが、昼近くなって船井屋《ふないや》本店の主、新左《しんざ》衛門《えもん》がやって来た。

船井屋本店は隠居の身である弥兵衛が修業した見世だ。弥兵衛が二十一屋を立ち上げた後も、つきあいが続き、何かと気を配ってくれる。曙のれん会に入るよう勧めてくれたのも、新左衛門である。

「いやあ、徹次さんはお手すきですかな」

のれんから顔をのぞかせた新左衛門は、大店の主人らしいおっとりとした物腰で見世に立っていた小萩に声をかけた。

小萩は徹次に声をかけ、新左衛門を奥の座敷に通した。

「なんだか、風が重くなりましたな、雨が近いんでしょうかねえ。蒸し暑くなる。菓子屋泣かせの季節ですよ。しかし、二十一屋さんは相変わらず流行っておいでだ」

愛想よく小萩にも声をかける。

徹次が来て季節の挨拶、さらに祭りが近いとか、勧進相撲《かんじんずもう》がはじまるだのとひとしきり世間話に興じる。これは相撲で言うなら仕切で、相手の気合、出足を図り、立ち合いの間を探っているところか。新左衛門が念入りな仕切をしているところを見ると、かなり込み入ったことらしい。

小萩が茶を持って行くと、話はすでに本筋に入ったところだった。

「しかしねぇ、伊勢松坂の勝代さん。あの人も無礼な人ですよ。二十一屋さんに対してあの言い方はないでしょう。私もよっぽど言ってやろうと思ったんですけどねぇ」

「いやいや、いいですよ。それを言ったら喧嘩になる」

どうやら勝代とひと悶着《もんちゃく》あったらしい。

徹次はぐっと腹に納めて帰って来たという訳か。

「まったく、いつもあんな調子ですからねぇ、曙のれん会でも困っているんですよ。このままでは、長年続いてきた会が二つに割れてしまう。仲間割れなんてことになったら、目もあてられない。ですからね、こうやって私が足を運んで来た。あなただって、このままじゃまずいと思っているでしょう」

新左衛門が笑顔で伝える。

「いや、まずいもなにも……、菓子屋は菓子をつくっていればいいんで……、やりたい奴がやればいいというか……、だれが一番とか、関係ないんで」

徹次が無愛想に答える。

「そうおっしゃらずに。今さら説明の必要もないですけれどね、曙のれん会をかき回しているのは、あの勝代なんですよ。若手を集めて何やら吹き込んでいる」

いつの間にか呼び捨てである。聞いてはいけないと思うが、勝代の名前が出た以上、小萩も無関心ではいられない。

なにしろ、牡丹堂とはあれこれと因縁のある勝代である。過去にはずいぶんと手ひどい嫌がらせを受けた。

もちろん、勝代の目的は目障《めざわ》りな牡丹堂をいじめるというような、ささやかなものではなく、もっと大きな、おそらく金に関わることなのだろう。

そうして徹次の本音は、できるだけ争いごとから距離をおきたい。自分たちは菓子をつくることに専念したいというところだ。

「聞いた話ですけれど、二十一屋さんは山野辺藩からの注文で勝代とひと悶着あったそうじゃないですか」

「あ、いや……、まぁ、ご存知でしたか」

徹次も困った顔であいまいに返事をした。しかし、山野辺藩でのあれこれは、内緒の話ではなかったのか。

小萩は驚いて、新左衛門の様子をそっとうかがう。新左衛門の顔から笑みが消えていた。

「当然ですよ。そういう話が伝わるのは早いんですよ。勝代は悔しかったでしょうなぁ。もう、それだけでも恨みを買っている。執念深い蛇のような女ですからね。ただではすみませんよ」

新左衛門は徹次の痛い所をぐいぐいと突いてくる。

小萩はあわてて退散した。

なんだか、薄気味悪いものを見た気がして小萩は井戸端に出た。大きく息を吸い込むと、少し気持ちがすっきりとした。

「おい、どうした？　なんかあったのか」

洗い物を持って出てきた伊佐が声をかけてきた。

「それがね……」

小萩はかいつまんで伝えた。伊佐は鼻にしわを寄せて苦く笑った。

「悪いけど、船井屋本店さんは勝代のことになると話が大げさなんだよ。以前、勝代は人さらいをしたなんて言ってなかったか」

見世を乗っ取るために、その見世の娘を連れ去ったというような話であった。

「本当かどうか分からねぇことなんだ。あちこちで、しゃべったりするなよ。牡丹堂は菓子屋だ。おいしい菓子をつくって売る。それしかねぇ、それができれば、いいんだ」

小萩にくぎを刺す。

しばらくして話がついたのか、新左衛門が帰って行った。徹次は何事もないような顔で仕事場に出て来た。ふと、あたりを見回すと、つぶやいた。

「うまいあんこが炊きたくなったなぁ」

「待ってました。そうこなくっちゃ」

留助が軽口をたたく。

「まったく、困ったもんだ。うまい菓子をつくる。菓子屋はそれだけなんだ。ほかのことを考えている暇はねぇんだよ」

徹次は先ほどの伊佐と同じことを言った。

牡丹堂に若い女のお客がやって来た。幹太が対応したが、しばらくすると小萩のところにやって来た。

「おはぎ、悪いけど頼まれてくれねぇかな。以前にも来た人で、またおはぎに頼みたいんだってさ」

小萩が三畳間に行くと、ふっくらとした頰の若い娘が座っていた。

「ご無沙汰をしております。また、お菓子をお願いしにまいりました」

ていねいに頭を下げた。

小萩もよく覚えている、日本橋の薬種屋《やくしゅや》白虎屋《びゃっこや》の娘、水江《みずえ》であった。以前、白虎屋の二代目主人、禄兵衛《ろくべえ》、つまり水江の父の還暦祝いのために蓬萊山という菓子をつくって用意した。中に五色の饅頭を詰め、長寿を願うめでたいものである。それとは別に、水江かのだ。父へ特別の菓子を用意した。子供のころの思い出の十返捨一九《じっぺんしゃいっく》の『東海道中膝栗毛《とうかいどうちゅうひざくりげ》』の物語にちなみ、安倍川餅《あべかわもち》やういろう、伊勢《いせ》の赤福《あかふく》風の菓子をひと折に詰めたのだ。

「父はとても喜んで、みんなに自慢したんです。娘が自分のために特別に仕立てた、娘との思い出が詰まっているって。そうしたら、母がうらやましがりまして。じつは、先ごろ母は半月ほど、病に伏せっておりました。幸い大事にいたらず治ったので、みんなでお祝いをすることにしました。何がいいか尋ねたら、おとっつあんの時のような菓子が欲しいって」

「まぁ、それはうれしいです」

「みんなは母のことをしっかり者と言いますけど、じつは案外、子供っぽいところがあるんです。父が、あんまりうれしそうにしているので、ちょっと悔しかったんです」

水江の目がかまぼこの形になった。

たしか、年が明けて十六になったはずだ。禄兵衛は見世を長男に譲り、夫婦は穏やかな隠居の身となった。次男も見世を助け、ますます隆盛だ。二人の兄はそれぞれ所帯を持ち、子供にも恵まれているという。水江の嫁入りもそう遠くないことだろう。

「それでは、お母さまとの思い出にちなむ菓子がいいですね。お母さまはなにか、お好きなものはございますか」

小萩はたずねた。

「兄に見世を譲った後、母が前から行きたがっていた箱根《はこね》の温泉に両親と私の三人で参りました。富士山が大きく見えて、とてもきれいでした。母も一生の思い出になったと申しておりました」

「箱根ならば駒ヶ岳《こまがたけ》に大涌谷《おおわくだに》……、それから温泉、湯の花、温泉饅頭……」

小萩は紙を取り出し、思いつくままに文字を書き連ねた。

水江も続ける。

「芦《あし》ノ湖《こ》、関所、峠の茶屋……、それから……桜もきれいでした」

「では、それにちなんだお菓子を五つ、お父さまのときのように折に詰めるというのでよろしいでしょうか。それぞれのお菓子が決まったら、案をお見せいたします」

小萩が伝えると、「よろしくお願いします」と水江も頭を下げた。

父の禄兵衛のときに一度つくったものを、なぞらえる形だ。箱根の名所については、水江とあれこれしゃべったので大まかな考えはまとまっていた。

手の空いた時間に画帳を広げて描きだした。

富士は煉り切りで山の形をつくって周囲に透明な錦玉（寒天）を流そう。温泉饅頭はそのままでいいだろう。皮は黒糖風味で、ふわふわとやわらかく、中はこしあんだ。温泉といえば湯の花だ。湯に淡雪《あわゆき》のように白く浮かんで硫黄《いおう》の匂いがする。卵白を使った真っ白な淡雪羹で小さな花の焼き印を押す。桜がきれいだったそうだから、道明寺の桜餅。箱根神社のお守り袋を象った羊羹。

たちまち五種類も浮かんだ。

自分でも不思議なほど、すらすらとまとまった。

「こんなものを考えたのですが、どうでしょうか。箱根にちなんだ五つの菓子をひとつの折に詰めるつもりです」

小萩は画帳を徹次に見せた。留助と幹太もやって来てのぞきこむ。

「ああ、面白いんじゃないか。黒糖饅頭や淡雪羹は多めにつくって見世で売ればいい」

つまり、留助や伊佐、幹太の手も借りられるということだ。

「淡雪羹か、久しぶりだな。卵の白身を泡立てて寒天で固めるんだろ。甘くて、口の中でしゅーんと溶ける。少し、青色を流してもいいか。紫陽花の感じにしたい」

さっそく幹太が提案する。

「温泉饅頭か、あれはうまいな」

留助が声をあげる。

「桜餅は道明寺もいいけれど、きんとんで桜の山の風景にしたらどうだ」

生菓子の得意な伊佐が言う。

翌日、さっそく、小萩は菓子の絵を仕上げて水江に見せに行った。

白虎屋は日本橋の通りを少し入ったところにある。白虎屋と染め抜いた藍ののれんと、薬を量る分銅《ふんどう》を象った看板が目印だ。見世には生薬《きぐすり》を入れる、小さな引き出しがたくさんある百味簞笥《ひゃくみだんす》が三棹並び、その上には赤漆《あかうるし》を塗った箱が並び、天井からは麻袋が吊り下げられている。薬を求めるお客が何人もいて、見世の者たちがていねいに話を聞いている。

腹が痛いと言っても、しくしく痛いのか、きりきりか、ずんと重たい感じがするのかで、効く薬も違ってくる。そのあたりをちゃんとたずねて、その人に合った薬を勧めるのが白虎屋のやり方で、だからお客は白虎屋なら安心とやってくるのだ。

奥の帳場には、父に代わって見世を継いだ長兄の風太郎《ふうたろう》が座っていた。手代たちに混じってお客の相手をしているのは、次男の角太郎《かくたろう》だ。

小萩は裏の勝手口に回り、出て来た女中に水江を頼んだ。待っていると、すぐに水江が出て来た。

「あの後すぐ、見世のみんなとも相談して考えたものがあったので、お持ちしました」

「まぁ、楽しみ」

水江は自分の胸の前で手を組んだ。水江の部屋に行き、小萩は持ってきた紙を広げた。

「箱根の見どころを集めた菓子です。こちらは富士山、このこんもりと丸い菓子はきんとんです。山を染める桜を描いています。それから……」

一つ一つの説明を水江はにこにこと笑顔で聞いている。

「ありがとうございます。とても、楽しみです。私は母に文を書くことにします」

「それはいいですねぇ。何より喜ばれると思います」

それから二人であれこれと細かいことを相談した。

春の富士は万年雪を頂きにおき、全体を淡い緑にしたいこと。湯の花を描いた淡雪羹には母親の好物である杏《あんず》の甘煮を入れてほしい。水江が言い、小萩も知恵を出した。

「ああ、小萩庵さんにお願いしてよかったわ。私の思っていたようなお菓子ができそうね」

「ありがとうございます。私も、お菓子をつくるのが本当に楽しみです」

「あら？　お菓子は職人さんがつくるんでしょう？」

水江は不思議そうな顔をした。

「私も一緒につくります。菓子がつくりたくて、鎌倉の家から日本橋に来たんです。職人、と名乗れるほどではないのですが、教えてもらって少しずつつくれるものを増やしています」

「まあ、そうなの。だから、こんなに菓子のことに詳しくて、いろいろ考えを出していただけるのね」

感心したような顔になった。

「ねぇ、それじゃあ、そのうちに、ご自分のお見世を出されるの？　小萩庵と名付けられたのも、だからなの？」

「いえいえ、とんでもない」

小萩は頬を染めた。

「だって、ご自分でお菓子がつくれたらお見世を出すことができるわよ。自分だけのお菓子をつくってほしいってお客さんがたくさん来るわよ。自分のお見世を出すなんて素敵だわねぇ。小萩さんはまだ、おひとり？」

「いえ、この前、祝言をあげました」

「もしかして、ご亭主も職人さん？」

「ええ、まぁ」

「それじゃあ、ますます安心ねぇ」

水江はうっとりとした目になった。

「私は根っからのぼんやりだし、兄たちのように薬のことを父から教わって来なかったから、見世のことは何も分からないの。でもね、父や兄が見世のお客さんのことを熱心に話しているのを聞くと、少しうらやましいと思うこともあるのよ」

小さな変化、たとえば白目が黄色みを帯びていた、舌が乾いていそうだといったところから病の芽に気づくことができる。とくに何年も通って来ているお客は見つけやすい。

「早く気づけば、それだけ手の打ちようがあるでしょ。おかげ様でよくなりましたって言われると、父も兄も本当にうれしそうにしているわ。そういうとき、私も話の輪に入れたらいいのにって思うのよ」

「白虎屋様はていねいにお客様の話を聞くので、そういうことに気づくことができるんでしょうねぇ」

小萩は感心してうなずいた。

「おとっつあんはいつも言っているわ。正しく使えば、薬はよく効く。よく効く薬は高くないって。ご存知かもしれないけど、うちの薬は少々値が張るの。だけど、その値段の中には、お客様の話をていねいに聞いて、なにが必要か考える手間賃も入っているのよ。長年通って来てくださるお客様は、そのあたりのこともちゃんとわかって、白虎屋を信頼してくださっているの。見世は信頼が大事だから」

「ひとつ勉強になりました」

小萩は礼を言った。

「だからね」

水江は膝を乗り出した。

「小萩庵さんもそういうお菓子屋さんになればいいのよ。そうしたら、一緒にお菓子をつくって、一緒に売って、今日はこんなお客さんが来た、こんな菓子をつくって喜ばれたって話ができるわよ。素敵ねえ」

「いえ、いえ、そんな……。見世を持つなんて夢のまた夢ですよ」

小萩は笑った。「いつか自分の見世を持ちたい」と伊佐が言ったことがある。けれど、それはかなうかどうかも分からない、遥か先の話だ。

「あら、夢を持つのは大事じゃない？　夢を描かなかったら、その日は来ないもの」

水江は言った。

白虎屋を辞した帰り道、小萩は日本橋の通りを歩いていた。

日本橋川から神田堀まで続く大通りには、この日もたくさんの人でにぎわっていた。

道の両側には見世が立ち並び、さらに品川町《しながわちょう》通り、駿河町通り、本町《ほんちょう》通りと交差する通りの奥へと見世が並んでいる。

ここは日本橋。江戸の真ん中。こんなところに、自分たちも見世が持てたらいいだろうな。

突然、小萩の目の前に菓子屋の風景が見えた。仕事場で伊佐があんを煉っていて、その傍には小萩がいる。

心に浮かんだ風景は生き生きとして、炊いているあんの香りまで伝わって来るような気がした。

ほんの少し前まで、小萩の頭の中は、伊佐との暮らしのことでいっぱいだった。今日の夕餉のこと、二人で話すこと。一日はあっという間に過ぎていく。

それを幸せと言わずして、何と言おう。

けれど、その後、お文の仕事への思いを見聞きし、菓子への思いが強く湧き上がった。

そして、今、水江と話して、伊佐といっしょに描く夢があることに気づいた。十年、二十年の後。二人はどこで何をしているのか。今までは小萩一人が歩く道だったが、これからは伊佐とともに進む道だ。

「私たちの見世」

小萩は口に出してみた。

心の中に風が吹いている。力が湧いてくるのを感じた。

見世に戻ると、小萩は画帳を開いた。

「なんだ、張り切っているなぁ。白虎屋さんには、気に入られたか？」

留助がたずねた。

「それはもう、とっても喜んでもらえました。今、考えているのは山野辺藩の菓子のほう」

「おや、若奥様も加わるのか」

留助がおどけて言った。

「おはぎは何を考えているんだよ」

幹太がのぞきこんだ。

「薄くて軽い麩焼《ふや》きせんべいで、上に白い砂糖蜜を散らすの。これは霧のつもり、杉崎様にうかがったら、山野辺藩は山城で霧の深い朝はお城が霧に包まれて、とてもきれいなんですって。それでね、おせんべいの間にはぴかぴか光るような大粒の蜜漬け小豆」

麩焼きせんべいというのは、もち米の粉を焼いたものだ。せんべいというより、どちらかといえば最中の皮に近いもので、ぱりぱり、カリカリとした軽やかな歯触りを楽しむ菓子だ。

「蜜漬け小豆はなんのつもりだ？」

伊佐が加わった。

「『野面積』っていう昔からあるやり方で積んだ、強くて丈夫な石垣があるというから、そのつもり」

杉崎から聞いたときは、菓子とはかかわりがないと思ったが、いざつくり始めてみると役に立った。

「大事なものが霧に隠れているというのは、面白いな。だけど、蜜漬け小豆だと食べているときにこぼれ落ちるかもしれねぇ。粒あんにしたらどうだ？」

伊佐が助言する。

「茶席菓子なら味噌あんとかの方がいいなぁ」と留助。

京《みやこ》の好みは、白みそ仕立てのあんである。

「でも、山野辺藩はどちらかといえば鄙《ひな》の里だから、もう少し、実《じつ》がある方がいいと思うの。あんまり気取らなくて。そうねぇ、やっぱり粒あんかしら」

「そんなら、皮はどら焼きの皮を薄くした方がいいよ。ふわふわで」

「だからぁ、そうすると固くなって日持ちがしないでしょ」

それぞれが自分の意見を言うので、話は行きつ戻りつしていつまで経っても終わらない。でも、それが楽しいわけで、職人たちは一日、そんな話をしても飽きないのだ。

小萩は伊佐に手伝ってもらって見本をつくり、みんなに食べてもらった。それから、麩焼きせんべいの厚みを変えたり、中のあんを工夫したりして何日か過ぎた。

その間に白虎屋に品物を納め、新たな小萩庵のお客の応対をしたので大忙しだった。


山野辺藩の菓子が出そろい、四人それぞれの菓子を徹次に見せた。

留助が最初に考えたのは道明寺の椿餅だったが、お武家は椿を嫌うというので家紋を入れた落雁にした。中にはほんのり塩味の浜納豆《はまなっとう》をしのばせている。茶席菓子にもなる上品な仕上がりで、浜納豆が雅《みやび》な趣《おもむき》を出している。

伊佐も麻糸を模した飴がうまくいかず、丸く形づくった小豆あん玉に真っ白な砂糖衣《ごろも》をかけたものに変更した。薄くまとった砂糖衣は軽やかな歯ざわりで、中のあんはしっとりとしている。白い砂糖衣は牡丹堂の得意とするところだ。小豆あんを嫌いだという人は少ない。どこのだれにも、喜んでもらえる菓子をめざしている。

幹太は栃《とち》の実やくるみを加えた求肥餅である。小萩はひと口食べてはっとした。やわらかくてもちもちしている。けれど、すぐに口の中でとろけていく。

「ふつうの求肥餅と全然違うだろ。ちょいと塩梅を変えたんだ。どこにもない味だぜ」

得意げな顔になる。

「これ、お前が考えたのか」

徹次が驚いた顔になる。

「もちろんさ。卵は使ってねぇよ。山野辺藩のお姫様は卵が苦手なんだろ。そこはちゃんと考えた。寒天の使い方を変えたんだ。楮《こうぞ》がたくさんとれるって聞いたから、きれいな紙でくるんだらどうかと思うんだよ」

「なるほど、これはすごいな」

留助が感心する。

「ああ、幹太、腕をあげたな」

伊佐もうなずく。

小萩は小豆の粒あんをはさんだ麩焼きせんべいである。

「さて、どうするか、だな。この中から一つに絞りたい」

徹次が四人の顔を見回した。

「幹太さんの求肥餅は工夫があった。くるみや栃の実を使ったところも面白い」

伊佐が言った。

「あん玉に砂糖衣をかけたものも、悪くねぇぜ。白雲城《はくうんじょう》とでも銘打ったら、山野辺藩らしいんじゃねぇか」と留助。

あれこれと意見が出て、結局、幹太の求肥餅に決まった。

「でも、茶色一色っていうのも、なんだか淋しくない？　たとえば、白い砂糖をまぶしたらどうかしら。おめでたい席でも使えるように」

小萩は思い付きを口にした。

「栃の実もいいけど、牡丹堂なら蜜漬け小豆じゃねぇか」

留助が案を出す。

「一切れが少し小さいなぁ。もう少し厚みをつけたら、食べ応えが出る」

徹次も意見を言う。

「えー、この厚みだから、この舌ざわりなんだ。これは、さんざん苦労して決めたんだ」

幹太が頬を膨らませた。

そんなやり取りがあって、みんなでもう一度つくってみようということになった。

「粉はもち粉じゃなくて、うんときめの細かい白玉粉を使っている。で、熱い砂糖蜜を加えて煉り上げるんだ」

幹太がみんなの前でやってみせる。

「煉り方もちょいとひみつがあってさ」

額に汗を浮かべて説明する。徹次と伊佐と留助に小萩、清吉も加わって真剣な顔で幹太の手際を見つめていた。

そのとき、裏の戸がたたかれた。声がする。

「すみません、開けてください」

小萩が戸を開けると、十歳ぐらいの男の子がいた。走って来たのか、頬を赤く染め、息をきらして立っている。

「どうしたの、なにかご用？」

小萩がたずねた。

「なんだ、六郎《ろくろう》じゃねぇか。どうしたんだ、真っ赤な顔をして」

「留助さん、お滝さんが産気づいたんだ。そんで、今、おっかあがついていて、お園《その》さんが産婆《さんば》を呼びに行った」

「ひえー」

留助は目を白黒させて叫んだ。

「おい、ぐずぐず言ってないで、早く行ってやれ」

徹次が怒鳴り、留助は「すんません。とにかく、行かせてもらいます」と叫びながら帰っていった。

翌朝、いつも通りの時刻に留助はやって来た。

「いやあ、親方、昨日は申し訳なかったです。俺が帰ったときには、もう、生まれてたんですよ。なんか、産婆さんも、こんな楽なお産は初めてだってぐらい軽かったらしくてさあ。元気な男の子でしたよ」

うれしさを隠せない。

「まあ、それはよかったわ。かわいいでしょ」

須美もとろけそうな顔になる。

「いや、かわいいっていうか、なんていうかぁ。赤くてしわくちゃで、ちっちぇんだ。はは」

てれて頭をかく。

「そうか、うん、よかったなぁ」

徹次も顔をほころばせた。

仕事の途中で抜けて行ったのに、そのことは留助の頭からすっかり抜けてしまったらしい。小萩が水を汲《く》みに井戸端に行くと、伊佐や幹太を前に兄貴風を吹かせていた。

「伊佐、やっぱりなぁ、子供っていうのはいいぞ。俺は息子の顔を見た途端、自分が生まれ変わったような気がした」

「なんだよ、大げさだなぁ」

　幹太が笑う。

「いや、そうじゃねぇんだ。赤ん坊ってのはすごいよ。なんか、今まではさ、いい加減ってわけじゃねぇけど、まぁ、風まかせって感じがしていたんだけどさ、根っこが生えた気がした」

「そういうもんか」

　伊佐が真剣な顔でたずねる。

「そうだよ。俺は泣けた。涙が出てきたんだ。お滝と二人のときは夫婦って言っても、とりあえず今、一緒にいますって感じがしてた。ちょっと力が加わったら、輪がはずれちまうみたいなさ。だけど、子供ができると違うな。あれが、絆ってもんなんだろうか」

「男の人も子供が生まれると変わるんですねぇ」

　小萩は留助の変化に驚いた。

「そうだよ。とにもかくにも、俺はもう、一生かけてお滝とこの子を守るって覚悟を決めた。いや、自然にそういう気持ちになった。腹の底から湧き起こるんだよ。家長としての誓いってやつだ。これからの俺はすごいぞ。仕事なんかばりばりやる。なお一層の精進に励みますってやつだ」

鼻息が荒い。

留助はいつも飄々《ひょうひょう》としている人だった。言われたことはちゃんとするし、手を抜くこともない。だが、貪欲《どんよく》ということもない。徹次に「もう少し、欲を出せばいいのになぁ」と嘆かせるような働き方だった。その留助の口から、なお一層の精進に励みますという言葉が出た。

「お滝だって変わったぞ。あんだけ、長屋のかみさん連中に煙草は止めろって言われながら、こっそり隠れて吸っていたのに、もう、金輪際、煙草と縁を切るって誓った。赤ん坊がちょいとばかし小さかったのが気になったんだな。やっぱりさぁ、親になるっていうのは大きなことなんだよ。俺は、しみじみとそう思った。今まで考えてもみなかったところに、俺は立っている」

「そうかぁ？　今だけじゃねぇのか」

幹太がからかうように言う。

「いや、そういうもんだと思うよ」

伊佐が深く感じ入ったという顔になった。

「名前はもう考えたの？」

「ああ、とっくだ。空助《そらすけ》っていうんだ。広い空みたいに大きな人間になってほしい。みんなが変わった名だって言うけど、悪くねぇだろ」

「うん、いい名だ」

感激したように伊佐が言った。

三

あれこれと工夫を重ねた山野辺藩の菓子も、なんとか杉崎の意見をうかがうところまで進んだ。

いつものように弥兵衛と小萩で半蔵門の上屋敷に向かった。今回ばかりは徹次が行くべきだとみんなは思ったが、「俺は口下手だから、旦那さんの方がいい」と言ったのだ。

「それで、この菓子はどうなんだ。俺は味見してねぇけど、小萩の目で見て、何分《なんぶ》くらいのできになっている」

道々、弥兵衛がのんきな様子でたずねた。

「とてもいいです。幹太さんはこの菓子になるまで、相当いろいろ考えていたんですよ。見本に見せてもらった加賀の菓子がありましたよね」

「ああ、長生殿か」

「私が小堀遠州の文字が入っていると伝えたら、小堀遠州のことを人に聞いたりして、自分で調べたんです」

小堀遠州は大名茶人で将軍家の茶道指南役、茶を通して公家《くげ》とも親しく、城や庭造りにも携わった。

「そしたら、お武家で、茶をたしなんだ人は、たいていその名を知っている有名な人だってわかった。そんな人の文字が入っていると聞いたら、『それは、すごい』と驚く。『見てみたい、食べてみたい』って思う。山野辺藩が求めているのは、おいしいのは当たり前、さらに人の興味をそそったり、話題にしたくなるような菓子だって言ったんです」

「考えたじゃねぇか」

「そうなんです。すごいですよね。それで、ほかにない味わいの菓子を工夫したんですよ」

「なるほどねぇ。じゃあ、大船に乗ったつもりで行くか。妙なもんを持って行って、怒られんのはこっちだからさ」

ちょいと空を見上げて、弥兵衛が言った。

「今日は小萩が説明をしてみるか。俺よか、小萩の方がいろいろ知っているだろ」

「そうはいきませんよ。年若の私がしゃべったって重みがないですよ」

「杉崎様なら気にしねぇだろ」

「いやいや、そういうわけにはいきませんから」

「じゃあ、最初のところは俺が話すから、後の細かい説明は小萩がしろ」

弥兵衛は勝手に決めてしまった。


上屋敷につき、座敷で待っていると、杉崎と台所役の二人がやって来た。

「ご注文の菓子でございますが、なんとか形がまとまりましたので、一度お味見をしていただけたらとうかがいました」

弥兵衛が挨拶をする。

木の香のするような桐箱に並べた菓子は、楮の繊維を残した厚手の紙で一つずつくるんでいる。

「楮の栽培が盛んで良質の紙が漉かれるとうかがいましたので、その紙で包むことにいたしました。中は求肥餅でございます。この求肥餅は今回特別に調整したものですので、お召し上がりいただければ幸いでございます。また別に、木箱をご用意させていただいております」

弥兵衛が告げた。

「なるほど、懐紙代わりということか。それは手軽だ」

さっそく杉崎が一つ手に取る。続いて、台所役首座の勝重が取り、補佐の頼之が手をのばす。

薄茶色の少し厚手の紙を開くと、中から砂糖をまとった真っ白な菓子が現れた。

「ほう、なるほど。面白い舌ざわりだ。うん、そして口どけもよい」

杉崎がうなずく。

「や、何か入っているぞ。くるみか」

「私の方は小豆だ」

勝重と頼之は一瞬驚いた顔になった。

「ここからは、こちらの者がご紹介をさせていただきます。二十一屋は小さな見世ですので、どちら様のご用命も職人全員で関わります。この者も最初から立ち会っておりますから、私よりも詳しく知っておりますし」

弥兵衛は小萩に引き継ぐ。

大役を任されてしまった小萩は緊張で声が少し震えた。

「霧が深く、雲海に浮かんだお城の光景が大変に美しいとうかがいました。この菓子はその様子を表したものです。霧のように白い求肥餅に包まれた中に、それぞれくるみと蜜漬け小豆が入っております。くるみは山の幸、名産とうかがいました。また、小豆は大粒の大納言を三日かけて蜜漬けしております。こちらは、堅牢な山城の石垣を模しております」

「なるほどな。それぞれ、山野辺藩らしいものということか」

勝重の頬がゆるむ。もぐもぐと口を動かしていた頼之も穏やかな目をしている。

気に入ってもらえたのかもしれない。

小萩は胸のうちでほっとする。

あれこれと検討材料もあるので「追って沙汰《さた》をする」ということで帰された。

帰り道、弥兵衛は鼻歌混じりののんきな様子だった。

「ご機嫌ですね」

小萩は言った。

「そりゃあ、そうさ。小萩があんなに上手にしゃべれるとは思わなかった。もう、これからは全部、小萩に任せても大丈夫だ」

「そんなことはないですよ。止めてください。汗びっしょりになりました」

「はは、それは冗談。いや、この調子なら、伊佐と二人で見世をやっていけると思ってさ。もちろん、すぐって訳じゃねぇけど、いずれはそのつもりなんだろ」

「あ、いえ、そんな……」

小萩はあわてた。しかし、見世のことを言われたのは、白虎屋の水江に続いて二人目だ。

「旦那さん、前は伊佐さんに、幹太さんを助けてほしいって言っていたじゃあないですか」

「うん、たしかに、前はそう言った。幹太が今一つ、仕事に身が入っていねぇようだし、伊佐もあのとおりの職人気質だから、自分で店をやるのは厳しいと思ってたんだよ。だけどさ、あんたと一緒なら、少し違ってくる」

「そうですか。そう言っていただけると、うれしいです」

「小萩だって、商売の面白さが分かってきたんだろ」

「はい。どうしたらお客さんに喜んでもらえるのか考えるのは楽しいです」

「そうなんだよ。一度来たお客が、二度、三度やって来る。うまかったって言われる。菓子屋冥利《みょうり》に尽きるよな。お客は喜ぶ、こっちも張り合いができて見世も繁盛する。みんながら幸せになれるんだ」

弥兵衛は明るい声を出した。

「いつかは自分たちの見世を出すんだ。そのつもりで励むんだよ。ほかの人のいいところを真似てさ。そうすりゃあ、その時が来る」

小萩は見世に立つ自分の姿を想像した。隣には伊佐がいる。子供たちの姿も。

いつか、そんな日がかならず、来るような気がした。

十日ほどして、お滝も落ち着いたというので、伊佐と幹太、小萩の三人で赤ん坊の顔を見に行った。

留助とお滝は小萩たちと同じように棟割り長屋に住んでいる。向かい合うように二棟の長屋が建ち、それぞれ七軒ほどの部屋が連なっている。部屋はへっついのある小さな土間があって六畳が一間だ。

「ごめんください」

声をかけると「おお、開いているからそのまんま、へぇってくれ」と中から留助の声がした。

「遠い所、わざわざすみませんねぇ」

そう返事をしたお滝の顔を見たとき、小萩は面変わりしているのに驚いた。お滝は居酒屋で働いていた女だから、目元や頬のあたりに婀娜《あだ》な感じがした。今は、それがすっかり消えて母親の顔になっていた。

空助はお滝の腕の中ですやすやと眠っていた。驚くほど小さくて、ぷっくりと太っていた。ふわふわと細いやわらかそうな髪の毛があり、お乳を吸う形に唇を突き出していた。

「まつげが長いわねぇ」

小萩は驚いて言った。

「ああ、お滝に似て目がぱっちりしてかわいいんだ」

留助が答える。

「鼻筋が通っている」

幹太が感心した。

「そうだよ。俺に似なくてよかった。俺に似たのは、夜泣きをするところだ。赤ん坊を見に来た姉ちゃんが言っていた」

「夜泣きをするのか？　大変だな」

伊佐が真面目な顔になる。

「そうなんですよ。うちの人は朝早いから、夜、ゆっくり眠れないと気の毒でしょ。だから、この子が泣くと抱いて外に出るの。半時も歩き回ることがあるの」

「申し訳ねぇと思うけど、こっちも仕事があるからさぁ」

留助は愛おしそうにお滝を見る。

ご馳走さま。

幹太はくすぐったそうな顔になり、伊佐は苦笑い、小萩も頰を染める。

「ちょっと、赤ん坊、抱いてみるか」

留助が赤ん坊を小萩に渡した。腕に温かい重みが加わった。首も座っていない赤ん坊はやわらかく、乳臭い。

「伊佐も抱いてみろよ」

小萩の手から空助を受け取ると、今度は伊佐の腕の中に預ける。伊佐はおっかなびっくり、困った顔になった。不器用に揺すると、空助が目をうっすらと開けて不思議そうな顔で伊佐を眺めた。

「あ、起きた」

「お、めずらしい。泣かないな。伊佐の抱き方が上手なんだ。見てみろよ。こんな細い指なのにちゃんと爪《つめ》があるんだぜ。俺がこうやって指を出すだろ、つかむんだ。結構、力が強いんだ。ほら、よし、よし」

留助がほっぺたをつっつくと、気持ちよさそうに目を細める。

「俺も抱っこさしてもらっていいか」

幹太が手を伸ばした。

「ああ、もちろんだ。牡丹堂の若旦那だよ。お愛想しな」

自分で言い出したくせに、幹太は赤ん坊を扱いかねている。

「ひゃあ、落っことしそうで怖いよ」

「しょうがねぇなぁ」

伊佐は手をのばし、幹太の手から空助を受け取った。伊佐は空助の顔をのぞきこんだ。

「かわいいなぁ」

しみじみとつぶやく。

「伊佐、お前、子供好きなんだなぁ」

「あれっ、……そうなんだ。考えたこともなかったけど。子供かぁ」

「そうだろう。そうなんだよ。なぁ、伊佐も早く親になれよ。やっぱり、男は父親になってからがはじまりだ」

留助がしきりと勧め、伊佐はうなずいた。

途中で幹太と別れ、伊佐、小萩の二人の帰り道になった。

「空助ちゃん、かわいかったねぇ」

「そうだなぁ」

伊佐はそう言ったきり、黙ってしまった。

日は暮れたが、夏の空はまだ明るい輝きを残していて、薄青く見えた。いつになく、軽やかな風が吹いていた。

「親になるってどういうことなんだろうな。俺はちゃんとした親になれるんだろうか。俺はその子が親になるまで、傍にいてやれるんだろうか」

伊佐は思いつめたような目をしていた。

「どうして、そんな先のことを心配するの？　伊佐さんも私も元気で、こうやって仕事をしているじゃないの」

「うん、そうだよな。そんな先のことを考えたら、なんにもできねぇよな。だけどさ、俺はときどき、怖くなるんだよ。ぱっと目が覚めたら俺は子供で、おふくろの帰りを待ってひとりで長屋にいるんじゃないのかって。小萩のことも、牡丹堂のことも、みんな夢の中の出来事じゃねぇのかって」

「違うわよ。違う。そんなことないわよ。これは夢じゃなくて、みんな本当のことなのよ。

伊佐さんは立派な職人になって、おいしい菓子をつくって、見世のみんなからも頼りにされているの。それで私と一緒になって、そのうち家族ができて、これからも幸せが続くのよ」

小萩は伊佐の手を取った。

長い指の、力のありそうな、しっかりとした大人の手だった。それでも伊佐はまだ、子供の頃の心の傷に苦しんでいるのか。

「はは、そうだよな。夢かもしれないなんて、心配しなくてもいいんだ」

「当たり前じゃない。私たちはおじいさんとおばあさんになるまで一緒なんだから」

小萩の言葉を聞いて、はじめて伊佐は心から安心した顔になった。

「迷惑をかけるな」

「なにが」

「俺は面倒くさいから。心配性だし、考えすぎるし、頑固で人見知りだ。分かるんだ、俺も留助さんみたいに気楽になりたいとか、幹太さんみたいに、いろんな人と仲良くなれたらいいとか思うんだ。だけど、そういう性分じゃねぇから」

「それは欠点じゃないわよ。あれこれ考えて慎重にことを運ぶから失敗が少ない。頑固なのは自分を持っているってことだし、親方だって人と話すのは苦手よ。伊佐さんらしくていいと思うわ」

「そうだな」

伊佐が赤ん坊を抱いた姿が思い出された。家族が増えたら楽しいだろう。

そうしたら、お葉のように子供たちの日々を描いた菓子帖をつくろう。伊佐と一緒に歩いて行く先には、どんな未来が待っているのだろうか。

小萩はとても幸せな気持ちで空を見上げた。


二日ほどして、山野辺藩から、先日の見本を正式に御留菓子として採用したいという返事があった。我が藩の良きところが描けていると、藩主からお褒めの言葉をいただいたと伝わった。

光文社文庫

文庫書下ろし

あたらしい朝《あさ》　日本橋《にほんばし》牡丹堂《ぼたんどう》　菓子《かし》ばなし㈨

著　者　中《なか》　島《しま》　久《ひさ》　枝《え》

2022年3月20日　初版1刷発行

発行者　鈴　木　広　和
印　刷　豊　国　印　刷
製　本　ナショナル製本

発行所　株式会社　光　文　社
〒112-8011　東京都文京区音羽1-16-6
電話（03）5395-8149　編　集　部
8116　書籍販売部
8125　業　務　部

© Hisae Nakashima 2022
落丁本・乱丁本は業務部にご連絡くだされば、お取替えいたします。
ISBN978-4-334-79328-9　Printed in Japan

R ＜日本複製権センター委託出版物＞
本書の無断複写複製（コピー）は著作権法上での例外を除き禁じられています。本書をコピーされる場合は、そのつど事前に、日本複製権センター（☎03-6809-1281、e-mail : jrrc_info@jrrc.or.jp）の許諾を得てください。

組版　萩原印刷

本書の電子化は私的使用に限り、著作権法上認められています。ただし代行業者等の第三者による電子データ化及び電子書籍化は、いかなる場合も認められておりません。

光文社時代小説文庫　好評既刊

鬼面斬り　鳥羽亮
幽霊舟　鳥羽亮
姫夜叉　鳥羽亮
兄妹剣士　鳥羽亮
ふたり秘剣　鳥羽亮
居酒屋宗十郎剣風録　鳥羽亮
獄門首　鳥羽亮
よろず屋平兵衛江戸日記　鳥羽亮
姉弟仇討　鳥羽亮
斬鬼狩り　鳥羽亮
秘剣水鏡　戸部新十郎
秘剣龍牙　戸部新十郎
火ノ児の剣　中路啓太
いつかの花　中島久枝
なごりの月　中島久枝
ふたたびの虹　中島久枝
ひかる風　中島久枝

それぞれの陽だまり　中島久枝
はじまりの空　中島久枝
かなたの雲　中島久枝
あしたの星　中島久枝
刀圭　中島要
ひやかし　中島要
晦日の月　中島要
夫婦からくり　中島要
戦国はるかなれど（上・下）　中村彰彦
蛇足屋勢四郎　中村朋臣
忠義の果て　中村朋臣
野望の果て　中村朋臣
御城の事件〈東日本篇〉　二階堂黎人編
御城の事件〈西日本篇〉　二階堂黎人編
薩摩スチューデント、西へ　林望
裏切老中　早見俊
隠密道中　早見俊

光文社時代小説文庫　好評既刊

陰謀奉行　早見俊
唐渡り花　早見俊
心の一方　早見俊
偽の仇討　早見俊
踊る小判　早見俊
お蔭騒動　早見俊
夕まぐれ江戸小景　平岩弓枝監修
口入屋賢之丞、江戸を奔る　平谷美樹
隠密旗本　福原俊彦
隠密旗本　荒事役者　福原俊彦
隠密旗本　本意にあらず　福原俊彦
彼岸花の女　藤井邦夫
田沼の置文　藤井邦夫
隠れ切支丹　藤井邦夫
河内山異聞　藤井邦夫
政宗の密書　藤井邦夫
家光の陰謀　藤井邦夫

百万石遺聞　藤井邦夫
忠臣蔵秘説　藤井邦夫
御刀番　左京之介　妖刀始末　藤井邦夫
来国俊　藤井邦夫
数珠丸恒次　藤井邦夫
虎徹入道　藤井邦夫
五郎正宗　藤井邦夫
備前長船　藤井邦夫
九字兼定　藤井邦夫
関の孫六　藤井邦夫
井上真改　藤井邦夫
小夜左文字　藤井邦夫
無銘刀　藤井邦夫
正雪の埋蔵金　藤井邦夫
出入物吟味人　藤井邦夫
阿修羅の微笑　藤井邦夫
将軍家の血筋　藤井邦夫

光文社文庫最新刊

独り立ち　吉原裏同心(37)	佐伯泰英
廃墟の白墨《はくぼく》	遠田《とおだ》潤子
暗黒残酷監獄	城戸喜由
C　しおさい楽器店ストーリー	喜多嶋　隆
女殺し屋　新・強請屋稼業	南　英男
駅に泊まろう！　コテージひらふの雪師走	豊田　巧
ペット可。ただし、魔物に限る　ふたたび	松本みさを
人生おろおろ　比呂美の万事OK	伊藤比呂美

光文社文庫最新刊

千《せん》手《じゅ》學園少年探偵團　また会う日まで　金子ユミ

神戸北野　僕とサボテンの女神様　藍川竜樹

町方燃ゆ　父子十手捕物日記　鈴木英治

御《お》館《たて》の幻影　北条孫九郎、いざ見参！　近衛龍春

みぞれ雨　名残の飯　伊多波　碧《みどり》

あたらしい朝　日本橋牡丹堂　菓子ばなし(九)　中島久枝

本所寿司人情　夢屋台なみだ通り(四)　倉阪鬼一郎